KB135982

바다의 문장들 2

- 더 아름답고, 더 설레는 삶을 위하여

"세상 모든 것에 감탄하는 지혜로운 사람들의 공간"

도서출판 호밀밭 homilbooks.com

바다의 문장들 2 (비치리딩 시리즈 13)
- 더 아름답고, 더 설레는 삶을 위하여
ⓒ 2023, 장현정

지 은 이	장현정
초판 1쇄	2023년 8월 25일
편 집	박정오
디 자 인	스토리머지 정종우

펴 낸 이	장현정
펴 낸 곳	㈜호밀밭
등 록	2008년 11월 12일(제338-2008-6호)
주 소	부산 수영구 연수로 357번길 17-8
전 화	051-751-8001
팩 스	0505-510-4675
이 메 일	anri@homilbooks.com

Published in Korea by Homilbooks Publishing Co, Busan.
Registration No. 338-2008-6.
First press export edition August, 2023.

Author   Jang Hyun Jung
ISBN   979-11-6826-117-4 (03800)

바다의 문장들 2
- 더 아름답고, 더 설레는 삶을 위하여

장현정 지음

차례

당장이라도 바닷가로 달려가

세속의 기름기로 느끼해진 몸과 마음을 씻고 싶다.

때가 쌓이는데 제때 씻어내지 못하니

몸과 마음이 한없이 무거워지는 중이다.

'시절 인연'이라는 말처럼

누군가를 만나기도 하고,

누군가와 헤어지기도 하며 살아간다.

세상은 바다고, 하루하루가 파도다.

나는 이 변화를 더욱 사랑하려고 한다.

서로 만나 새로운 것이 되어 함께 다시 태어나는,

이른바 '접화군생(接化群生)- 최치원'의 아름다움을

어제보다 더 사랑해 보려고 한다.

- 2023년 여름, 광안리에서

1부.

여름의 바다와 12개의 문장

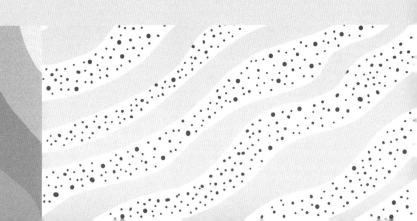

> "나는 열한 살에 어머니를 잃을 때까지
> 바다를 본 적이 없다."

— 이어령, 수필 <바다> 첫 문장

이어령의 자전적 수필 '바다'는 어릴 때 돌아가신 어머니와 바다를 연결하며 시작해. 그러면서 표현하기 어려운 우리 삶의 어떤 아름다운 비밀을 들춰내지. "그런데 분명히 내가 보기 전에 나에게는 하나의 바다가 있었다. 그것이 바로 어머니이시다."라고 이어지면서.

돌아가신 어머니는 지금 이곳에 없지만, 늘 눈앞에서 생생하게 살아 움직이신다는 거야. "살아 있는 어떤 사람보다도 가깝게 계신 어머니, 기쁠 때 제일 먼저 달려가 자랑하는 어머니, 슬플 때 고통스러울 때 아직도 응석을 부릴 수 있는 어머니, 그러나 언제나 발을 디디고 서 있는 이 딱딱한 흙의 저편 쪽 밖에서만 존재하고 있는 어머니 – 이 '현존하는 거대한 부재' 그 바다가 바로 나에게 있어서의 어머니."

어머니인 바다에서 밀물과 썰물은 쉬지 않고 교차해. 자식인 배들은 그 위를 떠다니고. 배에도 돛과 닻이 있긴 한데, 바다가 제때 밀물과 썰물을 조절하듯 우리도 그 돛과 닻을 제대로 쓰면서 살아가고 있는지는 모르겠어. 오히려 멈춰야 할 때 나아가고, 나아가야 할 때는 멈추면서 살아온 건 아닐까. 어딜 보고 있어? 너한테 묻는 건데. 그래, 어떤 것 같아?

너도 나처럼 멈춰야 할 때 나아갔고, 나아가야 했을 때는 두려워서 멈췄을 거야. 그만큼 후회도, 원망도 많아졌을 테고. 앞으로는 어떨까? 난 나이 들수록 돛보다는 닻의 중요성을 실감하게 돼. 물론 나를 나아가게 하는 힘도 여전히 중요하지만 나를 멈추게 하는 사람, 잠깐 돌아보게 하는 순간이 얼마나 소중한지를 시시각각 실감하며 살아가는 중이야.

배는 거센 폭풍과 파도 속에서도 최대한 묵직한 닻을 내려 그 힘으로 겨우 버티잖아. 너무 시끄러운 시류에, 너무 빠른 흐름에, 사람들의 큰 목소리에 휩쓸리지 않도록 지켜줄 나의 닻은 어디 있을까. 세상이 마음 같지 않을 때, 모든 걸 포기하고만 싶을 때, 가만히 나를 품어주며 괜찮다고 다독이고 잠시 그대로 멈춰도 된다고 말하는, 세상의 거센 비바람 위에서도 중심 잡게 해주는 닻. 아무래도 그 닻 역시 어머니겠지.

"내가 바다를 한 번 더 볼 때
바다는 나를 본 것일까 아니면 보지 못했을까?"

─ 파블로 네루다, <질문의 책> 中

여름 바닷가에 누워 눈을 감으면 얇은 눈꺼풀을 투과해 들어오는 햇빛의 일렁임이 마치 미디어아트 작품처럼 아름답게 느껴지곤 해. 있다고도 없다고도 할 수 없는 세계의 모습 사이로 어떤 나른한 감정이 찾아들곤 하지. 아무것도 모르겠다는 심정 비슷한 기분 좋은 자포자기의 감정이랄까. 이윽고 눈을 뜨면 바다 위엔 물비늘, 정면으로 햇빛을 받아 안으며 쉬지 않고 작은 은빛 불꽃들을 터트리는 윤슬.

유난히 여름과 닮은 작가들이 있어. 뜨겁게 달아오른 이 세계의 맨살을 만지게 해주는 예술가들 말이야. 그럴 때 칠레의 시인 파블로 네루다를 빼놓기도 힘들지. 나는 그의 시를 읽으며 아직 가보지 못한 남미에 더 큰 판타지를 갖게 됐어. 또 그만큼 핏빛 낭자한 슬픈 역사도 엿보게 됐고. 아니, 그런 걸 다 떠나 네루다는 우리의 욕망이 얼마나 건강하고 아름다운 건지 노래해 주었지. 주눅 들지 말고 이 세계를 힘껏 긍정해보라고 용기도 주었고. "자기 안에서 우아함을 찾지 않는 사람은 서서히 죽어가는 중"이라면서.

네루다는 무엇보다 끊임없이 질문했던 예술가야. 그가 가령 '버려진 자전거는 어떻게 그 자유를 얻었을까'라고 질문했을 때 나는 잊고 지냈던 아주 중요한 사실을 떠올릴 수 있었어. 세상 모든 것이 다 기어코 살아서 숨 쉬는 존재라는 사실 말이야. 그리고 그가 가령 '나였던 그 아이는 어디 있을까'라고 질문했을 때 나는 적나라한 태양과 거대한 바다 앞에 서 있던 아홉 살 때의 나로 돌아가 완전히 잃어버리고 살았던 그 무엇을 조금이나마 되찾아 보려고 생의 나침반을 다시 조정할 수 있었지.

지치면 안 되겠어. 파도처럼 영원히 움직여 볼 작정이야. 네루다는 또 질문했지. "왜 그들은 그다지도 낭비적인 열정으로 바위를 때릴까? 그들은 모래에게 하는 그들의 선언을 되풀이하는 데 지치지 않을까?" 지치긴커녕 즐거워하고 있는 저 파도의 표정을 보면 조금은 알 것 같기도 하고.

"이제 너를 남겨두고,
나 떠나야 해."

— 영화 <8월의 크리스마스> OST 中

　연중 낮이 가장 길다는 하지(夏至). 삐딱하게 겉돌면서 살아온 나는, 오늘처럼 뜨거운 날 오히려 '가난한 내가 아름다운 나타샤를 사랑해서 오늘 밤은 푹푹 눈이 나린다'는 백석의 시를 떠올리지. 달도 차면 기운다는 것을 아니까, 현재를 즐기라는 뜻의 '카르페 디엠'도 죽음을 기억하라는 뜻의 '메멘토 모리'와 함께여야만 의미 있다는 것을 아니까, 느낌 아니까.

　이런 양자역학 모드로 세상을 바라보면 모든 것이 서로 부딪힐 때라야 생명을 얻을 수 있다는 진리도 깨닫게 돼. 최치원이 말한 '접화군생(接化群生)'. 상대가 있기에 나도 있다는 걸, 우리가 서로 만나야 생명을 얻게 된다는 걸 실감하게 되는 거야. 그래서 문득 영화 <8월의 크리스마스>가 떠올랐어. 소설 <칼의 노래>처럼 서로 부딪히는 제목은 언제나 매력적이거든. 그 어떤 아름답고 환한 순간도 영원할 순 없지. 다림(심은하)과 정원(한석규)이 함께했던 그 초원사진관에 걸린 수많은 흑백사진처럼 말이야. 그래서 어떻게 할까? 어차피 지나갈 일이니 큰 의미 두지 말까? 그렇다면 어차피 죽을 텐데 왜 사느냐고 묻는다면? 나는 인생의 가장 큰 비밀이 거기에 있다고 생각해. 언젠가는 끝날 것이기에 더욱 필사적으로 사랑해야 한다는 모순.

어쩌면 이 세계에 의미 있는 건 하나도 없을지 몰라. 폭우처럼 매일매일 많은 일이 쏟아져 내리다가도 여름 한낮의 이글대는 태양 아래 그 모든 물기가 한순간에 증발해버리면 언제 그랬냐는 듯 모든 게 또 가뭇없이 사라져 버리는 것처럼 말이야. 살아간다는 게 한여름 아지랑이처럼 흐릿하기만 하고 도대체 그 정체를 알 수 없는 것이라 그만 다리에 힘이 풀릴 때도 갈수록 잦지. 그래도 나는 카르페 디엠과 메멘토 모리가 결국은 니체가 말한 '아모르 파티(Amor Fati)'로 종합될 수 있다고 생각해. 조용필이 <바람의 노래>에서, '이제 그 해답이 사랑이라면, 나는 이 세상 모든 것들을 사랑하겠네'라고 노래한 마음도 알 수 있을 것 같고.

그러니 오늘도 사랑하는 사람들을 떠올리며 이 영화의 주제곡을 흥얼거릴 수밖에 없는 거야. '지금 이대로 잠들고 싶어. 가슴으로 널 느끼며. 영원히 깨지 않는 꿈을 꾸고 싶어.'

> "바다를 향한 구름이 하나 살았다.
> 물새들이 가끔씩 그의 가슴을 뚫고 지나갔다.
> 혹은 모른 척 그냥 지나기도 하였다."

— 기형도, "시인 2 - 첫날의 시인" 일부

시인 기형도를 좋아해. 연평도에서 태어나 바다가 보이는 집에서 살았던 그는 커서 <입속의 검은 잎>이란 제목으로 시집을 펴냈는데, 거기 실린 시에서 "어머니 무서워요 저 울음소리, 어머니조차 무서워요."라고 노래했지. 어머니는 당신 무릎에 누워 무섭다며 보채는 아들에게, "무딘 칼끝으로 시퍼런 무를 깎아"주시면서, "애야, 그것은 네 속에서 울리는 소리란다."라고 말해주었대.

자기 안에서 울리는 소리를 느낀 소년, 그 소리의 무서움을 본능처럼 알아차린 소년의 작품들은 시간이 지나 많은 이의 감수성을 송두리째 뒤흔들며 우리 시대의 고전이 되었어. 자기 안에서 울리는 소리를 듣고, 그 소리를 따라 묵묵히 자기 길을 간다는 건 얼마나 무서운 일이었을까. 시를 쓰며 살아가기로 마음먹은 첫날, 바다를 향한 구름이 되기로 마음먹은 첫날, 자기 가슴을 뚫고 지나가거나 혹은 모른 척 그냥 지나기도 하는 물새들을 뒤로하며 바다를 향해 나아가던 그날, 저 시인의 마음은 어떤 것이었을까.

"아주 먼 데서 지금도 천천히 오고 있는 너를, 너를 기다리는 동안 나도 가고 있다"던 황지우의 시처럼 구름이 바다를 향해 나아갈 때, 바다도 목숨 걸고 먼 길을 달려왔을 거야. 그러니 바다는 늘 새파랗게 지쳐있었을 수밖에. 바다는 눈부시게 푸른 피를 흘리며 허겁지겁 달려와 마침내 혀를 내밀고 모래를 핥았겠지. 사랑받는 것들은 촉촉해지는 법이니 바짝 마른 사물에 불과했던 모래도 순식간에 파도와 함께 거품을 일으키며 젖은 몸으로 편안해졌을 테고. 물론 시간이 지나면 젖은 모래는 다시 느리게 말라갈 거야. 그렇다 하더라도 이 한 번의 황홀했을 금빛 추억이 사라지는 건 아니니까.

구름은 바다를 향해 나아가고, 파도는 멀리서부터 다가오고, 누구도 쉬는 이 없이 이 세계는 돌아가. 가끔 물새들만 세상 밖에 존재하는 것처럼 무심하게 스쳐 갈 뿐이지. 먼 길을 달려온 파도가 뒤도 돌아보지 않고 다시 저 먼 수평선을 향해 힘차게 밀려가는 게 보여.

"태풍이 오기 전에 집에 가고파."

— 앤 1집, <skinny Ann's skinny funky> 中

고레에다 히로카즈 감독의 영화 <태풍이 지나가고>를 보고 왔어. 주인공은 아버지를 닮기 싫어하면서도 닮아가고, 밥벌이를 허드렛일로만 취급하며 어떤 고귀한 일을 위한 수단 정도로만 여기는데 그러면서도 정작 그 고귀한 일에는 도전할 용기가 없지. 사랑하는 엄마 앞에서는 나이 오십에도 툴툴대기만 하는 철없는 남자이며, 반대로 아들 앞에서만큼은 대체 불가능한 멋진 아빠가 되고 싶어 해. 그렇게 유보와 회피, 불만과 꼼수로만 점철된 일상 속으로 문득 태풍이 오고, 하룻밤이 지나고, 태풍이 지나간다는 이야기. 요약하면, 나를 포함해 어른이 된 전 세계 대다수 남자의 이야기랄 수 있어.

내가 1998년 밴드 활동할 때 발표했던 앨범에 '태풍이 오기 전에'라는 곡이 있거든. 오늘 본 영화 제목과 묘하게 오버랩이 되더라고. 나도 그 영화 속 주인공처럼 부모님에게 든든한 아들이 되고 싶고, 아내에게 멋진 남편이 되고 싶고, 아들에게 닮고 싶은 아빠가 되고 싶고, 딸에게 다정한 아빠가 되고 싶지만 늘 생각뿐이었거든. 가수의 운명은 자기가 부른 노래 제목에 영향받는다던가? 어릴 때 이른바 시애틀 4인방(너바나, 펄잼, 사운드가든, 앨리스인체인스)을 모두 좋아했는데 보컬 중에는 이제 'Alive'를 부른 펄잼의 에디 베더만 살아 있다는 게 신기해. 그는 그 노래에서 "I'm still alive"라고 자못 비장하게 노래했는데 정말로 자기만 살아 있는 거야. 비슷한 시기에 나는 "태풍이 오기 전에 집에 가고파, 아침이 좋으면 밤도 더 좋겠지."라고 노래했는데 꼭 그렇게 적당히 비겁하게만 살아온 것 같아 만감이 교차하는 새벽이네.

2008년에 학회 참석차 튀르키예에 갔을 때 흑해 연안의 소도시 킬리오스(Kilyos)에서 사흘쯤 머물며 매일 저녁 들렀던 식당도 떠올라. 식당 이름이 '타이푼 typoon', 즉 태풍이었거든. 중학생쯤 돼 보이는 아들과 아버지 두 사람이 단출하게 운영하는 식당이었어. 아내와는 사별했다며 아무렇지 않다는 듯 너무도 씩씩하게 웃어주신 사장님 덕분에 미안하고 고마웠던 기억이야. 식당 이름이 왜 태풍이냐고 물었더니 풍채 좋고 인상은 더 좋았던 사장님이 말했지. "내 이름이 태풍이란 뜻이에요." 그러면서 한 마디 덧붙였어. "인생이 태풍이죠." 그 아버지와 아들이 사흘 내내 건네줬던 겁 없이 정다웠던 느낌과 미소, 언젠가 다시 만나볼 수 있을까. 단단한 삶이야말로 그 자체로 가장 아름다운 예술임을 알 수 있게 해준 그 두 사람을 절대 잊지 않을 거야.

> ### "그림을 그리고 당신을 사랑하는 일,
> ### 그게 전부랍니다."
>
> — 호아킨 소로야 (Joaquín Sorolla)

이 책의 표지 그림은 호아킨 소로야가 하베아(Jáver)에서 그린 <흰 배>(1905)라는 작품이야. 소로야는 1863년 스페인 발렌시아 바닷가에서 태어나 자랐어. 1896년 하베아에 처음 가본 이후 틈날 때마다 찾았을 정도로 이곳을 고향 발렌시아 만큼이나 좋아했고 여기서 많은 작품도 남겼대. 소로야는 이 작품을 그린 1905년 여름, 친구 모레노에게 보낸 편지에 이렇게 적었어.

"나는 아이처럼 흥분했다네. 우리는 여기 자리를 잡고, 영혼을 기쁘게 해주는 너무나 파랗고 격렬한 바다를 이미 즐기고 있네. ... 하베아는 태양이 모든 것을 순수하고 아름답게 만들어 충만한 느낌이라네."

30대 중반에 이미 세계적인 화가로 성공한 그가 틈날 때마다 바닷가를 찾고 저런 글을 편지로 썼다고 하니, 왠지 나는 그가 자기 작품 속 바닷가 벌거벗은 아이들만큼이나 천진난만한 사람이었을 것 같다는 생각이 들어. 그는 1900년 파리 만국박람회에 여섯 점의 작품을 출품해 그랑프리를 수상하며 전성기를 맞이했는데 이때 작품들도 모두 바다를 주제로 그린 것들이었어. 같은 해 그랑프리 수상자 중에는 구스타프 클림트도 있다니 뭔가 끝내주는 느낌이지.

바다에 있을 때 가장 행복했던 화가 소로야. 무엇보다 그가 아내에게 보낸 편지에 쓴 다음과 같은 구절은 어떻게 살아야 할지 막막하던 시절의 나에게 큰 영감을 줬어.

"내가 어떻게 지내는지 당신께 전에 말했지요. 매번 같은 말만 하게 되네요. 그림을 그리고 당신을 사랑하는 일, 그게 전부랍니다." 그러면서 이렇게 말하기도 했지. "저는 언제나 발렌시아로 돌아갈 생각만 합니다. 그 해변으로 가 그림을 그릴 생각만 합니다. 발렌시아 해변이 바로 그림입니다."

독창적인 예술가일수록 그 삶은 놀라울 만큼 단순하다는 사실을 알아. 소로야처럼 그림을 그리고 또 사랑하는 일, 사실 그게 전부지. 형용사와 부사가 필요 없는 삶, 말하자면 완장이나 명함이나 직위 따위 필요 없이, 목적어나 보어도 필요 없이 오로지 주어와 동사로만 구성된 삶을 살아보겠다는 생각은 요즘도 자주 하며 살아. 소로야가 바다를 주제로 그린 마지막 작품이 <밀수꾼들>(1919)인데, 마침 내가 좋아하는 류승완 감독의 신작 <밀수>가 개봉했다니 이만 장사 접고 나가 봐야겠어. 게다가 배경이 바다라잖아!

> "홍어 다니는 길은 홍어가 알고,
> 가오리 다니는 길은 가오리가 안다."
>
> — 창대, 영화 <자산어보> 中

영화의전당에서 <자산어보>를 보고 나오니 2020년에 3개월 가량 바닷사람들의 생활사 조사를 위해 동해, 서해, 남해까지 삼면의 바다를 훑으며 보냈던 멋진 날들이 떠올랐어. 신안 도초도에 갔을 때 염전을 운영하는 최신일 대표님이 꼭 보여주고 싶다며 우리를 데려간 곳이 있었지. 절경이 펼쳐진 정자 앞에서, "코로나로 언제 개봉할지는 모르겠지만, <자산어보>라는 영화를 주로 여기서 찍었어요."라고 설명해주었는데, 오늘 영화를 보고 나오니 그곳에서 보냈던 시간이 생생하게 떠오르더라고.

자신을 아끼던 임금 정조가 죽은 순조 1년, 곧바로 신유박해와 함께 세상 끝 흑산도로 유배된 정약전. 영화의 시작과 함께 펼쳐진 망망대해는 이 부조리한 세계처럼 보이고, 그 위의 작은 배는 그럼에도 기어코 의미를 만들어 내고 살아내는 시지프이자 단독자인 바로 우리의 모습을 떠올리게 해. 흑산도를 향하는 배 위에서 약전은 임금의 말을 떠올리지. "버텨라."

호기심 많은 약전은 흑산도에서, 알 수 없는 인간들의 세계로부터 명징한 바다 생물의 세계로 관심을 옮기며 자기만의 삶의 의미를 찾아내고 버텨. 거기서 만난 창대와 '교학상장'과 '우정'의 시간도 보내고. 서자 출신으로 홀어머니를 모시며 살아가는 창대는 어릴 때는 아버지에게, 커서는 임금에게 잘 보이기 위해 공부하고 싶어 해. 주어진 운명을 극복하기 위해 창대가 선택한 길이야. 약전과 함께 유배당한 동생 다산도 목민심서의 길을 통해 자기에게 주어진 운명을 극복하려 했지. 하지만 약전은 달랐어. '열 길 물속은 알아도 한 길 사람 속은 모른다'는 말처럼 약전은 알 수 없는 사람들의 속을 떠나 차라리 열 길 물속을 살피는 길을 택했지. 시지프에게 산꼭대기가 스스로 설정한 조건이 아니었듯, 약전에게 망망대해도 그러했을 거야. 창대와 다산에게도 마찬가지였을 테고. 그리고 이들은 모두 나름의 방식으로 자기에게 주어진 운명의 조건을 극복했어.

　우정은 어떻게 가능할까. 영화 속 창대의 말처럼 "홍어 다니는 길은 홍어가 알고, 가오리 다니는 길은 가오리가 안다"는 걸 깨달은 사람과 그 말을 있는 그대로 알아들을 수 있는 사람 사이에서만 가능한 것 아닐까. 다시 말하면 저마다 잘난 다 큰 어른들 사이에서는 거의 불가능하다고 해도 좋을 만큼 어렵다는 얘기겠네.

> "단 한 번 웃을 수 있다면,
> 몇 번이라도 울어도 좋아."

— 루피, 만화 <원피스> 中

　나에게 여름이란 단어는 가끔, 열 번의 울음을 줄인 말처럼 들려. '여름이야!'라고 누가 외치면, '열 번의 울음이야!'라고 들린단 말이지. 생각해 보면 정말 울기 좋은 계절이기도 하지. 비도 많이 오는 데다 맑은 날이라도 바닷물 속에 있으면 울어도 표가 안 나니까 말이야.

　레이먼드 챈들러 소설 같은 느낌도 나고 누와르 영화 같기도 한 만화영화 <원피스>를 좋아해. 주인공 루피는, "단 한 번 웃을 수 있다면 몇 번이라도 울어도 좋아"라고 외치면서 드넓은 바다 위를 마음껏 떠도는 해적이자 자기 삶의 주인이지. 그리고 보니 옛 어른들은 왜 그렇게 만화를 못 보게 한 걸까. 만화에 빠지면 집구석이 망한다며, 만화의 일본식 발음인

'망가'에 빗대 '망가(亡家)'로 표기할 정도였으니 그것참 모르다가도 모를 일이야. 나는 오히려 어릴 때 본 만화 덕분에 인생에서 정말 중요한 많은 것을 배울 수 있었는데 말이지. 만화를 좋아하던 어린 시절부터 어른들과 그 주류의 세계로부터 차별받는 느낌이 몸에 밴 걸까. 지금도 더 삐딱해지고만 싶은 이 마음 어쩔 거야!

나이 오십이 다 돼 가는 요즘도, 바닷가 모래사장 위에 돗자리 깔고 누워 만화책 볼 때보다 좋은 시간은 없는 것 같아. 아이들 어릴 때는 다대포에 데려가 자주 놀았지. 넓게 펼쳐진 갯벌, 바다 저편으로 보이는 건물 하나 없는 산의 풍광, 그리고 눈부신 하늘. 거기서 우리는 어쩌면 하늘을 보러 바다에 오는 건지도 모르겠다는 생각도 해봤어. 루피처럼 밀짚 챙모자를 쓰고 바닷가를 떠돌던 그때에 비하면 요즘은 울 일도 거의 없으니 좋아진 걸까, 나빠진 걸까. 한 치 앞을 모르게 끝없이 펼쳐진 이 미지의 세계를 떠돌며 사는 우리에게 웃을 일만 있다면 그게 더 이상한 일이겠지. 단 한 번 그렇게 웃을 수 있다면야 뭐, 얼마든지 더 부딪히고 깨지면서 몇 번이라도 울어볼 만한 여름이야.

> "밀물 때나 썰물 때나 네 곁에 있을게.
> 난 네 곁에 있을게."

In high tide or in low tide
I'll be by your side, I'll be by your side

— 밥 말리, <High Tide Or Low Tide> 中

여름이잖아. 밥 말리를 안 들을 수 없지. '하나의 사랑'을 노래하고, '여인이여, 울지 말아요'라고 다정하게 위로했던 레게음악의 전설, 자메이카의 상징 말이야. 밥 말리의 음악을 틀어놓으면, 극단적으로 말해 창밖에서 눈보라가 쳐도 내 마음은 여름이야. 하지만 그 음악은 물리적 더위를 식히려고 듣는 게 아니지. 오히려 우리의 이상한 뜨거움, 너무 많이 나가버린 관념과 정신의 열을 식혀주는 '온화한 시원함'의 음악이랄 수 있어.

사실 요즘 세상이 너무 사납기도 하잖아. 충돌만 일으키는 신념은 천박해. 전후 맥락에 대한 애정이 없다면 아무리 옳은 말이라도 그냥 자기중심적이고 재미도 없는 투덜거림에 지나지 않으니까. 옳은 말이라도 지나치게 뜨겁게 말하는 사람들은 다 사기꾼 같아. 그러나 충돌을 두려워하는 신념도 믿기 어렵지. 진심을 이야기하면 누군가는 알아줄 거라는 타인에 대한 믿음, 상식을 지키며 살아가는 삶이 전혀 헛되지는 않을 거라는 세계에 대한 믿음이 더욱 중요해진 시대인 것 같아. 얼마 전 배병삼 교수님의 강의를 들었을 때 마음에 와닿았던 말. 공자와 맹자는 '위민(爲民)'을 얘기하지 않았대. 백성을 '위한다'는 말은 국가와 백성이 군주의 소유이고 마치 백성에게 뭔가를 베푼다고 느끼게 만드니 오히려 유교 사상에 반대된다는 거지. 유교는 위민 아닌 '여민(與民)', 즉 백성과 함께하는 사상이라는 것. 누군가를 위한다는 사람들은 일단 사기꾼 아닐까 의심해 볼 수밖에.

　운전하면서 밥 말리를 듣는 건 조금 위험할 수도 있어. 가끔 눈을 감고 운전하고 싶어지거든. 기타와 함께 단조롭게 노래하니까 더 성스럽게 느껴지는 'One Love' 같은 노래는 지금의 우리에게 꼭 필요한 노래야. 세계 곳곳이 내전에 휩싸일 것처럼 모두 화나서 으르렁대는 시대잖아. 신영복 선생님은 감옥에서의 여름이 서로를 미워하게 만든다고 했지. 그래서 여름은, 서로를 껴안고 받아들이기 위해 더 큰 노력이 필요한 계절 아닐까. 밥 말리의 노래처럼 그렇게 밀물 때든 썰물 때든 우리, 서로의 곁에 있어 주자.

> "바닷가에서 멀어질 용기가 없으면,
> 새로운 바다를 발견할 수도 없다."

Man cannot discover new oceans
unless he has the courage to lose sight of the shore.

— 앙드레 지드 (Andre Gide)

　평생 한자리만 지키고 살아온 나무의 답답한 가슴 속을 파도 소리가 쏴아아, 훑고 지나가던 어느 여름 오후. '아, 저 파도는 어디서 와서 또 어디로 저렇게 가는 것일까?' 나무는 자기도 모르게 그만, 후우웁, 심호흡했지.

　소년이 마침 바다에서 나와 나무 쪽으로 걸어오고 있었어. 나무는 매끄럽게 젖은 소년의 온몸을, 그 탄력 있는 근육과 가쁜 호흡으로 펄떡이는 복부를 바라보며 감탄했지. 나무는 자신에게 등을 기대며 털썩 주저앉는 소년에게 물었어.

　"숨쉬기도 힘들 텐데 왜 자꾸 물에 들어가?"
　소년이 말했어.

"숨쉬기는 바깥이 더 힘들어. 물속이 마냥 좋은 건 아니지만, 물 바깥은 더 심해."

"도대체 뭐가 그렇게?"

나무가 다시 소년에게 상냥하게 물었어.

"모든 게 삽시간에 바싹 말라버리니까. 소름 끼칠 만큼 메마른 세상이 되어버렸으니까. 인간들은 축축한 걸 조금도 못 견디고 다들 자기 피부를 피날 때까지 긁어대며 살아가잖아."

나무는 문득 지난날들을 떠올렸어. 비 오는 날이면 이유 없이 행복해졌던 자신을, 무슨 이유에선지 본능처럼 뿌리 박고 대지 속 물기를 찾아 하염없이 헤맸던 날들을, 때론 타는 갈증에 주변의 작은 식물들이 머금어야 할 습기까지도 모조리 빨아들이며 바싹 마른 목을 게걸스럽게 축였던 날들을.

소년이 자리를 털고 일어나 마치 산란을 마친 거북이처럼 유유히, 그리고 느린 움직임으로 다시 푸르게 반짝이는 바다를 향해 나아가자 나무는 돌연 심한 갈증을 느끼며 생각했지. 아, 생명을 가진 존재들은 모두 젖어있는 것이로구나, 마르기 전에 본능처럼 일어나서 떠나는구나. 그러면서 나무는 새삼스러운 깨달음에 쏴아아, 파도 닮은 소리를 내며 자기 몸에 달린 잎사귀들을 일제히 흔들었던 거야.

"바닷가의 모래가 부드럽다는 것을
책에서 읽기만 하면 다 되는 것이 아니다."

— 앙드레 지드, <지상의 양식> 中

앙드레 지드를 읽다 보니 나도 저 나무처럼 파도 소리를 내며 일제히 내 몸에 달린 잎사귀들을 흔들어 보고 싶어졌어. 돌아보면 줄곧 겁에 질려 한 뼘도 안 되는 자리만 맴돌면서, 그나마도 이게 내 자리라며 벗어나지 않으려고만 했던 것 같아. 그런데도 가끔은 어떤 단어들이 빗방울처럼, 어떤 문장들은 파도처럼 다가와서 바싹 마르기 직전의 몸과 마음을 적셔 줬지. 다행이고 고마운 일이야. 그 단어들, 그 문장들이 다가와서 속삭여 준 가르침. 길에서 벗어난다고 큰일이 벌어지진 않는다는, 지금 여기가 세계의 전부는 아니라는, 사람들은 생각만큼 나에게 관심이 없으니 그냥 내 맘대로 해도 된다는, 뇌보다 발바닥을 믿는 게 유익하다는 등등의 조언들.

물론 쉬운 일은 아니야. 개인과 사회가 별개는 아니니까. 이어져 있으니까. 서로가 서로에게 영향을 주며 서로 겹쳐 있게 마련이니까. 그래서 세상 돌아가는 게 너무하다 싶을 만큼 황당하고 어수선하면 의외로 하루하루 내 삶도 갈피가 안 잡히고 나답게 산다는 일도 막연하게만 느껴져. 그럴 때면 20대 이후로 언제나 책장 손 잘 닿는 곳에 꽂혀있는 <지상의 양식>을 꺼내 아무 페이지나 펼쳐 읽곤 했지. 니체가 차라투스트라의 입을 빌려 말했다면, 앙드레 지드는 메날크의 입을 빌려 자기가 알게 된 생의 비밀을 말해줘. 구속에서 해방되라고, '맨발에 닿는 세계의 생살'을 느껴보라고, 그러면서 말하지. "나타니엘이여, 우리는 언제 모든 책을 다 불태워 버리게 될 것인가! 바닷가의 모래가 부드럽다는 것을 책에서 읽기만 하면 다 되는 것이 아니다. 나는 내 맨발로 그것을 느끼고 싶은 것이다."

북아프리카를 여행하며 그 원초적 생명의 땅에서 깨달은 인생의 비밀들을 잠언처럼 풀어놓은 이 얇은 책에서 나는 지금도 마음이 날아다닐 때마다 많은 통찰을 얻고 있어. 2008년에 혼자 출판사를 만들고 이후로 명함에 꼭 새겨놓는 한 문장. "세상 모든 것에 감탄하는 지혜로운 사람들의 공간"도 사실은 이 책에서 '지혜로운 사람이란 모든 것에 감탄하는 인간'이라고 말한 게 마음을 건드려 이후로 계속 쓰고 있는 문장이지. 단순하게, 직접 세계의 피부와 맞닿은 채 살아갈 테야.

"뭐 하노? 어서 낑깡으로 온나."

— 무형문화재 사기장 효봉 김영길 선생님,
2018년 여름에 시모노세키에서

'나는 이제 지쳤어요, 땡벌'이 아니라 '땡볕'이야. 축축하고 무더워 완전히 진 빠진 상태로 문득 문을 열고 들어간 어느 선술집. 일본인 것처럼 '일단 생맥주부터 (とりあえず、生)'라고 주문하니 이윽고 간장에 젖은 오이 몇 조각과 함께 맥주가 나왔어. 시원하게 한 모금 들이켜고 오이를 씹으니 사각대는 식감과 함께 비로소 정말 여름임을 실감하게 돼.

오늘처럼 무더운 여름이면 늘 떠오르는 술집이 하나 있어. 시모노세키 항구 맞은편, 걸어서 5분 거리에 있는 허름한 술집 '낑깡(きんかん)'. 여기서 얼음을 넣고 고구마 소주를 마실 때는 닭 간 조림(토리레바)을 시켜야 하지. 무형문화재인 도예가 효봉 선생님이 소개해 준 곳이야. 친가 4대째, 외가 9대째 도예가 집안의 자손인 효봉 선생님은 좋은 술친구이기도 하고 인생의 여러 모를 알려주신 스승이기도 해.

벌써 5년쯤 전 일인데 하기, 시모노세키, 기타큐슈 등을 돌아보며 메이지유신과 일본 근대의 시초가 된 이들의 발자취를 따라가 보는 여행을 했거든. 일본 최초의 개항장이라서 이야깃거리가 아주 많은 모지항과 거기서 연락선을 타고 7분 정도 가면 나오는 가라토 시장이 백미였어. 이스탄불에도 비슷한 연락선이 있어서 한 도시 안에서 유럽과 아시아를 5분 남짓한 시간 만에 오가는데, 모지항의 연락선도 간몬교 옆 바다를 지나면서 혼슈와 규슈를 연결해. 여행을 마치고 2시간 정도 남은 배 출발을 기다리며 시모노세키항 근처를 혼자 걷고 있는데 효봉 선생님이 전화해서 말씀하셨지. "뭐 하노? 어서 낑깡으로 온나."

뱃사람들의 문화가 물씬 느껴지는 이 허름한 술집을 꼭 보여주고 싶었대. 이후로 여긴 나의 시모노세키 아지트가 되었지. 낑깡, 낮술, 시모노세키라는 도시, 노동자들, 이방인들, 그 모든 변방의 이미지로 가득했던 그 여름의 기억. 늦여름 땀 냄새 가득한 술집에서 낮술을 마시다 나와 멀리 까치놀을 바라보며 취기를 느꼈던 그때, 이제는 내 인생의 여름도 가는구나, 하고 생각했던 것 같아. 참, 낑깡이 그 낑깡 맞느냐고? 맞아, 명곡 <제주도의 푸른 밤>에 등장하는 그 낑깡.

2부.
가을의 바다와 12개의 문장

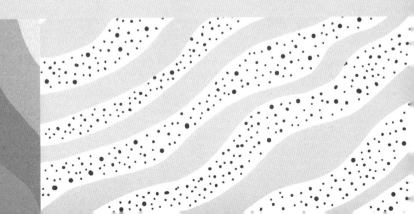

> "떠나요 둘이서, 모든 것 훌훌 버리고
> 제주도 푸른 밤 그 별 아래 ...
> 아파트 담벼락보다는 바달 볼 수 있는 창문이 좋아요."

— 최성원, <제주도의 푸른 밤> 中

낑깡 얘기를 하다 보니 최성원의 <제주도의 푸른 밤>이 듣고 싶어졌어. 마침 바람도 쌀쌀해져서 보사노바풍의 이 명곡을 듣기에는 딱 좋은 밤인 것 같아. 이 노래는 한국 대중음악의 전설 들국화 출신 최성원이 제주도에 살던 작곡가 김욱의 집에서 한 달 정도 머무는 동안 만들었다지.

오래전에 1박 2일로 이어도 학회에 참석하러 제주도에 갔을 때, 지금은 국립해양박물관장으로 계시는 김태만 교수님과 한방을 쓰게 됐어. 평소에도 술자리에서 해주신 루쉰과 중국 문학 이야기, 중국 고전의 지혜와 근현대 중국 정치와 사상에 대한 말씀들 덕분에 그동안 주로 서양 사상을 공부해 오며 어쩐지 늘 몸에 맞지 않은 옷을 입고 있는 것처럼 답답했던 내게 새로운 눈을 뜨게 해주신 고마운 분이야. 그날 밤 모든 행사를 마치고 둘이 털레털레 편의점에서 맥주 몇 캔을 더 사와 호텔 베란다에 앉아 마셨는데, 그날 선생님은 너무 바쁘게 지내며 한창 날 서 있던 나에게 인생에는 비판하고 공격하고 깨부숴야 할 시기도 있지만, 어느 순간 막아주고 도와주고 고쳐줘야 할 시기도 올 것인데 그때를 염두에 두어야 한다는 의미로 '재(才)'가 '덕(德)'을 이길 수 없는 이치를 설명해주셨어. 싫든 좋든 인생에는 변곡점들이 찾아올 텐데 그때마다 필요한 지혜는 다르다는, 결국 우리는 책이라는 세상 바깥으로 나와야 한다는, 그런데 그 책 바깥의 세계란 게 또 얼마나 흐릿하고 뿌연 것인지 모른다는 요지의 말씀. "선생님, 세상사 쉬운 일 없다는 걸 저도 모르지 않아요."라고 나는 말했고, "모르는 놈들이 꼭 안다고 하더라, 취한 놈들은 안 취했다 그러지."라며 선생님은 웃으셨지.

돌아보면 정말 그래. 왜 그렇게 사납게 바쁘게 정신없게만 살았던 걸까. 노래를 들으며 제주도에서의 추억을 떠올리다 보니 정말 제주도에 가고 싶어졌어. 용눈이 오름도 있고 신성하다는 의미의 '사려니' 숲길도 있는 곳. 노래 마지막에 나오는 '푸르메가 살고 있는 곳'. 푸르메가 누구냐고? 그 작곡가 김욱의 딸 이름이라는데 이제는 그분도 내 나이쯤 되었으려나.

"나는 네가 약하길 바란다. 나만큼."

I want you to be weak.
As weak as I am.

— 밀란 쿤데라, <참을 수 없는 존재의 가벼움> 中

2023년 7월, 체코 출신의 세계적 작가 밀란 쿤데라가 94세를 일기로 세상을 떠났어. 그는 흉내 내기, 다시 말해 키치범벅인 현대사회의 인간들에게 진짜 삶의 무거움과 품위에 대해 말해주었던 귀중한 작가였지. 쉰 살이 다 되어 타국 프랑스로 이주했고 결국 그곳에서 생을 마감했지만, 죽는 날까지 고국 체코에서의 삶과 이야기를 놓지 않았고 그래서인지 '자기가 살던 곳을 떠나야 하는 사람은 모두 불행한 사람'이라는 말도 남겼어.

인간이 원래 모방의 동물이라고는 하지만, 가만히 생각해보면 정말 흉내 내며 살아가는 삶은 안쓰럽고 불행해. 아침에 일어나 늦은 밤까지 우리는 끊임없이 없는 정답을 찾고, 뭔지 제대로 알지도 못하면서 믿고, 누군가의 뒤를 따르고, 어딘가로 떠나고, 그러면서 시시각각 불안 가득한 눈빛으로 사랑한다는 말을 듣고 싶어 하며 살아가는 건 아닐까. 진짜 삶은 말로 설명할 수 없고, 무엇이라고 정의할 수도 없고, 그래서 어딘가로 떠난다거나 누군가를 만난다고 해서 얻을 수 있는 것도 아닐 텐데 말이야. 어쩌면 밀란 쿤데라가 말한 진짜 삶이란 플러스가 아닌 마이너스의 기술, 채움이 아닌 비움의 기술과 관련된 게 아닐까 생각해 보게 돼. <참을 수 없는 존재의 가벼움>에서 주인공 프란츠는, "왜 당신은 나에게 힘을 사용하지 않는 거죠?"라고 묻는 사비나에게 부드럽게 답하지. "사랑은 힘을 포기하는 것을 의미하기 때문이에요."

강한 척하는 사람들의 세계에서 자신의 약함을 드러내는 건 큰 용기가 필요한 일이야. 그럼에도 오직 약함을 인정하는 일만이 흉내 내는 삶에서 벗어나는 방법인지도 모르겠어. 지금의 우리는 너무 강해. 그런데 더 강해지려 하고, 또 더 강해지려고 하지. 밀란 쿤데라는 역설적으로 그렇게 절대 닿을 수 없는 강함을 추구하는 현대인의 방정맞음이 너무 가벼워서 견디기 어려웠던 게 아닐까. 새로움만을 찾아다니는 현대인의 촐싹거림을 떠올려 보면 그럴 수도 있겠다는 생각이야. 반면 진짜 삶의 명백한 속성이랄 수 있는 지긋지긋함은? 이건 정말 무겁지. 그런데도 수많은 사람이 보이지 않는 곳에서 묵묵히 그 무거움을 참아가며 살아가는 중이고.

> "건강해 보이는 것 말고 건강한 것에 관심이 있다.
> 행복해 보이는 것 말고 행복한 것에 관심이 있다."

— 에피쿠로스

흉내 내며 살기엔 인생이 너무 짧긴 해. 흉내 내는 걸 못 참았던 철학자로 따지면 에피쿠로스도 빼놓을 수 없지. "우리는 철학을 하는 체하면 안 되며 실제로 철학을 해야 한다. 왜냐하면 우리가 필요한 것은 건강한 것처럼 보이는 것이 아니라 진짜 건강한 것이기 때문이다." 에피쿠로스 할아버지는 언제나 핵심을 찔러 얘기하잖아.

왜 거의 모든 사람이 자기 삶을 살지 못하고 흉내 내는 삶을 택하는 걸까. 다들 불안하고 외로우니까 남의 흉내를 내며 사는 걸까. 에피쿠로스는 친구에게 보내는 편지에서 말했어. "친구들의 도움 그 자체보다는 우리 친구들이 틀림없이 우리를 도와줄 것이란 그 확신이 우리에게 더 도움이 된다."

예술이나 혁명 같은 거창한 말을 들을 때마다 나는, 그냥 흉내 내지 않는 삶이야말로 예술이고 혁명 아닐까 생각하게 돼. 예술에 대해 알고 싶을 때 많이들 읽는 <서양미술사>의 첫 문장만 봐도 그래. 곰브리치는 먼저 "세상에 예술은 없다. 예술가만 있다."라는 말로 이 책을 시작하잖아. 오죽하면 로렌스는 <제대로 된 혁명>이란 제목으로 책까지 썼을까. 가짜들은 언제나 튀고 싶어 안달이고 미디어는 허세를 먹이 삼아 몸집을 키우니 그렇게 흉내 내는 것들만 눈에 보이게 마련이지만, 진짜는 좀처럼 사람들 눈에 띄지 않으려 바닥으로 침잠하거나 뒤로 숨어 우리 눈에 보이지 않는다는 진리.

필립 로스가 소설 <에브리 맨>에서, "영감을 찾는 사람은 아마추어이고, 우리는 그냥 일어나서 일을 하러 간다"고 말한 것처럼 혁명이나 예술 같은 거창한 말에 마음 쓰지 않고 묵묵히 주어진 일부터 해결해 볼래. 그리고 보니 마음 쓰지 말라는 말, 그 숨은 뜻을 이제야 조금 알아들을 수 있겠어. 나는 이제 마음을 쓰지 않고 대신 몸을 쓰며 살아가 보려고.

> "어른이 별건가.
> 지가 좋아하지 않는 인간하고도
> 잘 지내는 게 어른이지."

— 김애란, <풍경의 쓸모>, 『바깥은 여름』

오래전에 내 수업을 들었던 제자가 사무실에 찾아왔어. 사회학과 신입생이었는데 공부에는 뜻이 없었고 사실은 힙합 뮤지션이 되고 싶어 했지. 동료나 선후배들과 어울리지 못하고 외따로 도는 것 같아 더 챙겼던 기억이야. 입대했다는 소식 이후 연락이 끊겼다가 제대했다면서 찾아왔는데 군에 있는 동안 수능을 다시 쳐서 부산가톨릭대 치기공과에 입학했대. 힙합은? 물었더니, 이제 멋있어 보이지 않아요, 하더라고. 나도 모르게 고개를 돌려 창밖을 한참 쳐다봤어.

어른이 되어버린 걸까. 휴가철이 지나고 사람들이 떠난 바닷가를 걷다 보면 그런 생각도 들지. 지나고 나서 돌아보면 많은 게 달리 보이기도 하고. 그러고 보면 여름의 바다는 너무 매끈해서 주름 없는 바다였던 것 같아. 철학자 한병철 교수가 <아름다움의 구원>에서 말한 것처럼 포르노 같은 아름다움, 달리 말하면 어른 없는 바다였던 것 같기도 해. 거기엔 생활의 자연스러운 짠 내나 상처, 삶의 고름 같은 게 가려져 북적이는 인파 속에서 오히려 공허한 느낌이 감돌기도 했지.

시인 서정주의 호는 미당(未堂)이었어. 아직 어른이 되지 못했다는, 아직 성숙하지 못했다는 뜻인데 그는 어른이 되지 '못한' 걸까, 어른이 되지 '않은' 걸까. 문득 푸른 하늘과 국화, 팔 할의 바람이 키웠다지만 어른 대신 시인이 된 그를 떠올렸어. 어른도 되고 시도 쓰는 건 불가능한 일이었을까. 아직 공부가 모자란 나로서는 알 수 없는 일이야. 내가 좋아하는 배우 신구는 헤밍웨이의 <노인과 바다>를 패러디한 과자 '꽃게랑' 광고에서 남루한 차림으로도 느긋하게 웃으며 물었지. "니들이 게 맛을 알아?"

안다고 생각했는데 말이야, 지금 생각해 보니 난 게 맛을 모르는 것 같아.

"가장 넘기 힘든 산은
생활이란 걸."

— 영화 <일대종사> 中

물을 생각하면 어떤 영화가 떠올라? <아바타>? 여러 영화가 있겠지만 난 아름다운 물의 이미지로 시작하는 <일대종사>를 떠올리게 돼. 나에게 이 영화는 물의 영화야. 왕가위 감독을 비롯해 양조위, 장쯔이 등 쟁쟁한 영화인들이 함께한 명작이지. 이 영화는 영춘권의 그랜드마스터 엽문(양조위)이 제자들에게 쿵푸는 수평과 수직, 두 단어로 설명할 수 있다며 최후에 수직으로 서 있는 자가 승리하는 것이라고 설명하며 시작해. 그리고 이 장면은, 어떤 고난에도 품위를 잃지 않고 언제나 수직으로 서서 승리해 왔던 그가 수평으로 돌아누워서 '가장 넘기 힘든 산은 생활이란 걸 알게 됐다'고 독백하는 후반부의 장면과 묘한 대조를 이뤄.

어느 순간, 날씨에조차 조련당할 만큼 마음이 약해졌다는 생각이 들 때가 있었어. 책임져야 할 게 많아질수록 도망가고만 싶었지. 실제로 누구보다 재빠르게 달아났고 잠깐의 쾌락에 마음을 놓으며 에라 모르겠다 같은 심정으로 시간을 보낸 기억도 있어. 어릴 때는 달아나는 정도였지만, 좀 크고 나서는 다시 볼까 두려울 정도여서 아예 그 세계에서 빠져 나와버린 적도 있었지. 하지만 그런 방식으로 해결할 수 있는 문제는 많지 않다는 걸, 아니 사실은 전혀 없다는 걸 그나마 빨리 깨달았기에 다행이랄까.

무럭무럭 커가는 아이들은 종종 겁기 어린 눈빛을 보여줄 때가 있는데 그 벅찬 표정과 눈빛을 보면서 나도 조금씩 용기를 낼 수 있었던 것 같아. 아이들이 그런 눈빛으로 "훌륭한 사람이 되고 싶어요."라고 할 때마다 얼마나 사랑스러운지. 그리고 마음속으로 얘기하지. '너희들은 이미 훌륭하단다. 그런 대사는 세상의 때가 어느 정도 묻어서 가끔은 자기가 잘살고 있는지 되돌아봐야 할, 적어도 마흔을 훌쩍 넘긴 나 같은 사람이 해야 할 말이란다.'

'훌륭'은 좀 무서운 단어긴 하지. 그래도 더 괜찮은 사람이 되고 싶다는 생각을 의식적으로 자주 하는 요즘이야. 꼭 해야 할 일이라면 피하지 않고 부딪혀 볼 생각이야. 더는 도망가지 않을래. 나가지 않고 대신 나아갈 거야.

"차라리 물고기가 될래?"

Or would you rather be a fish?

— 영화 <패터슨>에 나오는 시 'The Line' 中

영화 <패터슨>은 슴슴한 냉면처럼 뒷맛이 개운하고 여운이 오래 가는 영화야. 영화 자체가 한 편의 시(詩)라고 해도 좋겠어. 광안리에 사는 내 호가 안리인 것처럼 미국 뉴저지의 소도시 패터슨에 사는 버스 운전사, 그의 이름도 패터슨이지. 매일 비슷한 일상을 보내는 그는 일을 마치면 아내와 저녁을 먹고 애완견 산책 겸 동네 바에 들러 맥주 한 잔으로 하루를 마무리해. 그리고 그런 일상의 기록들을 틈틈이 비밀 노트에 시로 써 내려가지.

카프카는 좋은 책이란 우리 안의 얼어붙은 바다를 깨는 도끼 같은 것이라고 했어. 우리 안에 단단하게 달라붙은 무지와 고정관념 같은 덩어리에 균열을 내주는 책. 좋은 영화도 마찬가지지. 매일매일 특별할 것 없이 반복되는 일상 속에서 우리 존재의 수면은 어느덧 아무 일 없다는 듯 고요해지게 마련인데, 좋은 영화는 그렇게 잔잔해진 수면 위로 작은 돌 하나를 던져. 지나치게 크거나 우악스럽거나 겉모습만 화려한 영화보다는 <패터슨>처럼 자연스럽게 퐁 빠져 들어와 담담

한 파문(波紋)을 만들어 주는 영화들이 시간이 갈수록 더 좋아져. 굳어있던 마음속에 가지런하고 정갈한 몇 개의 동심원이 그려진 기분이야. 매일매일 특별한 것 없는 일상 속에서도 무언가를 발견하고 느끼고 또 그걸 글로 남긴다는 행위는 얼마나 사랑스러운지. 과장한다 싶겠지만 무슨 이유에선지 눈물이 핑 돌 만큼 감동적이었어.

영화 마지막에 시 한 편이 나와. 'The Line (한 줄)'이란 제목인데 거기 이런 구절이 나오지. "Or would you rather be a fish? (차라리 물고기가 될래?)" 문득 내가 오랫동안 쓰고 싶었던 소설의 주제를 한 문장으로 표현해 버려서 가슴이 덜컹했지. 생각난 김에 집에 와 오래된 폴더를 열어보니 벌써 8년도 더 된 것 같은데 그때 인터뷰하며 알게 된 이들, 취재하며 모아 놓은 자료들이 그 자리에 그대로 가만히 잠들어 있는 게 신기했고 한편으론 애잔했어. 언제쯤 쓸 수 있는 날이 올까. 밥벌이에 급급해 가쁜 숨을 몰아쉬며 산다는 건 변명일 뿐이겠지만 오래전부터 긴 호흡의 글은 전혀 쓰지도 못하고 엄두도 못 내고 있는데.

영화 속 패터슨 부부는 정말 행복해 보였어. 실제로도 행복했을 거야. 하루하루의 일상과 표정, 서로를 마주 보는 눈빛에서 나는 확신할 수 있었어. 이제 나도 변명은 그만하고 정말로 쓸 때가 된 것 같아.

> ## "넓고 넓은 바닷가에 오막살이 집 한 채
> ## 고기 잡는 아버지와 철모르는 딸 있네"
>
> — 노래 '클레멘타인 Clementein' 中

2004년에 미셸 공드리 감독이 연출한 영화 <이터널 선샤인>을 좋아해. 케이트 윈슬렛이 연기한 극 중 주인공 이름은 클레멘타인. 주황색 머리의 그녀는 남자주인공 조엘(짐 캐리)과 지하철에서 처음 만나 인사하는 장면에서 자신의 이름을 말하고 노래 '클레멘타인'을 흥얼거리지. 자식 잃은 아버지의 마음이 담긴 미국의 대표적인 민요, 너도 아는 바로 그 노래.

1848년 캘리포니아에서 시작된 골드러시는 이듬해인 1849년에 절정에 달해. 그래서 이 시기에 서부로 몰려든 사람들을 '포티-나이너(forty-niner)'라고 부르는데 클레멘타인도 바로 이 시기에 태어난 노래지. 200년이 다 된 과거의 일이지만 지금과 별반 다르지 않은 모습이야. 노다지를 캐기 위해 너도 나도 직장까지 팽개치며 서부로 몰려들던 모습은, 주식이나 부동산으로 한 방에 인생이 바뀌길 기대하며 식음을 전폐하고 있는 오늘날의 우리 사회 모습과 겹치지. 그리고 그 꿈을 이루는 건 아주 소수만일 뿐, 대부분은 허탈하고 자조적인 신세 한탄으로 끝을 맺는다는 것까지.

어린 딸 클레멘타인을 따로 놀게 하고 혼자 강가에서 금을 찾다가 딸을 잃은 한 아버지. 아이를 지키지 못한 죄책감에 괴로워하며 흥얼거렸던 멜로디가 입으로 전해지며 이 노래가 되었다는데 그 아버지는 이후에 어떤 삶을 살았을까. 동양의 고전 <산해경>에는 관흉국 사람들 이야기가 나와. 먼 옛날 어떤 사람들이 감당할 수 없는 슬픔에 그만 가슴에 구멍이 뚫렸는데 이후로 그 자손들은 대대로 가슴에 구멍이 난 채로 태어났다는 이야기야. 그런데 관흉국에서는 가슴에 구멍이 있어야 신분이 높고, 가슴에 구멍 없는 비천한 사람들은 그들의 가슴을 막대기로 꿰어 가마 태우듯 모시고 다닌다는 부분이 인상적이었어. 가슴에 구멍이 날만큼의 슬픔을 모른다면 천박한 사람이라는 의미잖아.

쓰다 보니 문득 미셸 공드리가 옴니버스 영화 <도쿄>에서 연출한 한 장면도 떠오르네. 나중에 의자가 되는 한 여자가 큰 슬픔을 느끼고 문득 가슴에 실제로 구멍이 뚫리던 장면. 지금 우리가 느끼는 답답함, 어떤 허전함, 그 구멍들이 어쩌면 우리가 제정신으로 살고 있음을 증명해 주는 자랑스러운 증거인지도 모르겠어.

> "난 딸들을 이해할 수가 없어.
> 그리고 알고 싶지도 않아. 다 키웠으니 보내야지."
>
> — 영화 <음식남녀> 中

아이들 초등학생 때 일이니 벌써 오래전이야. 운동회에서 학부모 달리기를 한다기에 아이들에게 멋진 모습을 보여줄 좋은 기회라고 생각해 분연히 떨쳐 일어났지. 휘슬이 울리자 총알처럼 튀어 나가 달리기 시작했는데 너무 열심히 달린 나머지 급기야는 내 의지와 상관없이 날기 시작했어. 잠깐 날았다가 엎드려 만세 동작으로 착륙을 했는데, 그사이 곁으로 다른 아빠들이 쌩쌩 지나가더군. 지켜보던 아내의 "어머, 어떡하노!" 소리, 그 옆에 있던 다른 엄마들의 "잘 달리셨는데..." 같은 소리들을 돌돌 말아서 저 멀리 던져버리고만 싶은 시간이었지. 그래도 날기 전까진 잘 달리지 않았냐는 나의 물음에 아내는 "둔탁했다"라고 짧게 답했는데 내 생각에 달리기에 관해 할 수 있는 최고 수준의 악평이 있다면 바로 그 단어, '둔탁'이 아닐까 싶었어. 갑자기 오늘, 이제는 정말 몸이 예전 같지 않다는 걸 느끼며 내 인생에도 가을이 찾아왔다는 걸 실감한 그날이 떠오르는 이유가 뭘까.

1994년에 이안 감독이 연출한 <음식남녀>는 영원할 것처럼 반복되는 일상도 가랑비에 옷 젖듯 사실은 조금씩 변하는 중이고 그 변화는 우연히 준비나 예고 없이 우리를 찾아온다는 걸 보여주지. 그럴 때마다 우리는 어떤 결단을 해야 하고. 이안 감독은 이 영화의 주제가 '가족으로서의 의무와 개인으로서의 자유의지 사이의 충돌'이라고 말한 바 있는데 아내 없이 홀로 가장의 의무를 다하고 은퇴한 아버지와 이제는 다 큰 세 딸의 이야기를 통해 우리의 모습을 되돌아보게 해.

　　밤에 딸이 장난스럽게, "아빠, 나는 강아지상이 좋은데 사람들이 고양이상이래." 하기에, "둘 다 좋지 않나? 아빠는 호랑이상쯤 되겠지?" 했더니, "음... 아빠는 진상!"이라고 답하며 깔깔댔어. 나는 캔맥주를 하나 땄지. 이렇게 귀여운 딸도 어느 날 훌쩍 커서 자기 삶을 찾아 떠나겠지. 모든 부자지간이 비슷하듯 애증의 관계랄 수 있는, 이제는 팔순이 넘은 내 아버지도 어릴 때 나를 목욕탕에 데려가면 연한 피부 상한다고 손가락으로 때를 밀어주셨더랬어. 나의 아버지도 준비한 다음에 아빠가 된 건 아니었을 테고, 그건 나도 마찬가지. 앞으로는 또 어떤 일들이 일어날까. 영화 속 주 사부는 말했지. "인생은 요리와 달라. 모든 재료가 준비되고 다 될 때까지 기다릴 수가 없어. 한 입 먹어봐야 신맛인지 단맛인지 혹은 매운맛인지 알 수 있지."

"언젠가 먼 훗날에 저 넓고 거칠은 세상 끝 바다로 갈 거라고
아무도 못 봤지만 기억 속 어딘가 들리는 파도 소리 따라서
나는 영원히 갈래."

— 이적, <달팽이> 中

나이를 한 살씩 더 먹을수록 삶의 숙제도 많아져. 살아 있는 동안 그중 얼마나 해결할 수 있을까. 대부분은 손도 못 대보겠지. 어릴 때보다 확신의 에너지는 줄어든 대신 의심하고 머뭇거리는 지혜는 늘어가. 생각해 보면 나쁘지 않은 변화야. 시간만큼은 누구에게나 평등하게 흐른다는 사실이 새삼 고맙고.

담배도 한 대 피울 겸 분리수거나 하자, 싶어 나갔는데 밤바람이 참 좋았어. 12시가 넘었는데 교복 입은 여고생 둘이 재잘재잘 밝은 목소리로 얘기를 나누며 곁을 지나더라고. 언뜻 나에게도 딱 저 나이에, 딱 이런 날씨에, 딱 저런 표정으로 친구들과 비밀스러운 이야기를 나눴던 시절이 있었다는 게 떠올랐어. 그때 나눴던 얘기가 무슨 내용이었는지는 기억날

리 만무하지만 내 안의 어딘가에 차곡차곡 잘 쌓여있으리란 건 알아.

    1975년에 태어난 나는 서태지, 삐삐와 시티폰, PC 통신, 마이클 조던과 슬램덩크, 무라카미 하루키, 너바나, 왕가위 등 수많은 대중문화의 영향을 받으며 한창 감수성 예민한 시절을 보냈지. 그중엔 강원도 홍천에서 군 생활을 하던 이십 대 초반, 친구가 테이프로 보내준 '패닉'의 1집 음악도 있었어. 지금도 이적의 목소리를 들으면 그때 그 적막한 산골에서 이어폰으로 들었던 그의 당돌한 목소리가 떠오르지. 언젠가 먼 훗날에 바다로 갈 거라던 달팽이의 심정이 꼭 그때의 나 같았어. 나만 그랬을까. 청춘이라면 누구나 비슷한 느낌을 받지 않았을까. 결코 닿지 못할 것이란 확실한 불가능의 예감 속에서도 버리지 못한 어떤 꿈, 그 치기 어린 순수함과 묘한 상실감.

    모쪼록 아까 그 학생들이 깔깔대며 나눈 대화의 내용이 발칙하고 싱싱한 것들이었으면 좋겠어. 거북이 같은 사람들과 함께하면서도 거북해하지 않고, 자기 속도대로 꾸준히 꿈꾸면서 성장해 가면 좋겠어. 손에 닿는 책의 체온이 확실히 낮아졌네, 이 가을도 잠깐이면 지나가고 곧 겨울이겠어.

"그러나 우리가 결코 잊어서는 안 될
가장 결정적인 전제가 있다.
변방이 창조 공간이 되기 위해서는
콤플렉스가 없어야 한다는 것이다."

― 신영복, <변방을 찾아서> 中

　부산이라는 도시의 매력을 써달라는 원고 청탁을 받았어. 그때 머릿속에 처음 떠오른 단어가 '변방'이었지. 사람들은 경상도와 전라도 문화가 다르다지만 사실은 북도와 남도 문화가 더 다르거든. 예를 들어 전북 전주나 경북 안동 등은 모두 한양의 영향권 안에 있어서 양반 문화라는 걸 알 수 있지만 전남이나 경남 바닷가 쪽은 상대적으로 한양으로부터 멀리 떨어져 있어서 서민 문화가 더 강해. 같은 경상도라고는 하지만 경북 쪽 사람들은 예전에 결혼하겠다고 부산 사람 데려가면 '갯가(물가)' 사람과는 겸상도 안 한다고 손을 내저었다는 얘기도 있을 정도니.

　하지만 나는 이 갯가, 즉 물가의 정서가 좋아. 인디, 로컬, 문화예술, 인문학, 출판 등 그동안 몸담았던 영역도 모조리

비주류였고 속되게 말하면 돈 안 되는 것들이었는데 한마디로 표현하면 변방이었지. 나는 신영복 선생님의 <변방을 찾아서>라는 책을 읽으며 그동안 어렴풋이 느끼고 있던 어떤 생각이 명료하게 언어로 정리되는 느낌을 받았어. 변방은 오히려 새로운 흐름을 가져올 가능성의 전위라는 것, 하지만 변방이 중심부에 대한 허망한 환상과 콤플렉스를 청산하지 못하는 한 오히려 더욱 완고하고 교조적인 틀에 갇히게 된다는 부분이 크게 와 닿았지.

그러고 보니 요즘 너무 멍청하게 생각 없이 살아온 것 같아. 머리도 둔해지고 배도 더 나온 느낌이야. 오늘은 퇴근하며 주섬주섬 책이라도 몇 권 챙겨야겠어. 마음을 다잡고 더 확실한 변방의 야인(野人)으로 살아봐야겠어. 야인이라니, 어감 자체도 얼마나 야하고 좋아. 육지에서는 길을 따라 움직이지만, 바다에서 배들은 길을 내면서 움직이지. 지나간 뒤에야 길이 생긴다는 거 근사하지 않아? 모로 가도 서울만 빠져나가면 된다는 심정으로 정해진 길에서 최선을 다해 벗어나볼 거야. 이런 생각으로 둘러보니 의외로 나 같은 사람도 많다는 걸 알게 되어 반가워. 빅토르 위고의 〈오세아노 녹스 Oceano Nox〉에 이런 대사가 나온다지. "아! 장거리 경주를 위해 신나게 출발하는 선원과 선장이 저렇게나 많다니…"

"나는 보기 위해 눈을 감는다."
I shut my eyes in order to see.

— 폴 고갱 (Paul Gauguin)

변방의 인간들, 그들은 6펜스 아닌 달의 세계에 있는 사람들이기도 해. 나는 서머싯 몸의 <달과 6펜스>를 20대 중반에 범일동 어느 병원에서 읽었는데 고민이 많던 시절이어서 느끼는 바도 컸지. 아킬레스 근육을 다쳐서 8주 정도 입원해 있을 때 지금은 아내가 된 당시 여자친구가 매일 들러줬어. 그때 우리는 6펜스도 중요하지만 그래도 달의 세계에서 살아가자고 합의했는데 철이 없어서 다행인 시절이었달까.

서머싯 몸도 이 소설을 병원에서 요양하는 동안 썼대. 알다시피 이 작품의 모델은 고갱이야. 세속의 가치를 6펜스로, 예술의 세계를 달로 비유했는데 사실 이 두 세계는 하나이면서 둘이고 우리 안에서 고스란히 공존하는 세계들이지. 소설은 마흔 살의 가장이자 지금으로 말하면 고액 연봉의 금융업계 직장인인 주인공 스트릭랜드가 한창 일하고 있어야 할 낮에 집으로 들어오더니 곧바로 짐을 싸서 어디론가 떠나는 장면으로 시작해. 그는 소설 속에서 말하지. "난 그려야 해요. 그리지 않고서는 못 배기겠단 말이오. 물에 빠진 사람에게 헤엄을 잘 치고 못 치고가 문제겠소? 우선 헤어 나오는 게 중요하지. 그렇지 않으면 빠져 죽어요."

　이토록 절박하게 하고 싶은 일을 찾은 사람은 얼마나 행복할까. 자기가 해야 할 일이 무엇인지 아는 사람, 결과를 떠나 안 하고는 못 배길 만한 그 무언가를 매일 할 수 있게 된 사람, 이 부조리한 세계 속에서 매일매일 그렇게 기댈 자리를 마련한 사람은 세상에서 가장 행복한 사람일 거야. 고갱뿐 아니라 이렇게 행복한 삶을 살다 간 예술가들은 많지. 겸손하고 낙천적이었으며 끊임없이 노력했지만, 세속의 기준에서 보면 불행했던 또 다른 거장 르누아르도 그래. "내가 그리지 않고 보낸 날은 단 하루도 없었던 것 같다"고 말한 이 거장은 관절염이 심해져 손과 발을 쓸 수 없게 되었을 때조차 연필을 손과 끈으로 연결해 그림을 그렸다는 유명한 일화가 있어. 건방지기로 유명했던 피카소도 만년의 르누아르를 찾아가 존경의 뜻을 표하며 그의 초상화를 그렸다지.

　예술은, 깔끔하게 멸균된 것처럼 보이지만 사실은 거대한 암 덩어리 같은 세계 속에서 불안하고 불완전한 우리의 삶과 세계의 진짜 모습을 보여주기에 든든하고 소중해. 그리스 신화에서 현자들은 모두 장님이었잖아. 세계의 진짜 모습을 보기 위해서는 그처럼 눈을 감는 게 더 도움이 될 수도 있겠어. 보기 위해 눈을 감아야 한다던 고갱의 역설적인 말처럼 꼭 그렇게.

"장 선생, 우리는 사람을 살리는 직업을 가집시다."

— 채현국

살림이란 말을 좋아해. 말 그대로 살린다는 의미잖아. 죽임의 반대말. 살림 사는 사람은 정직하고 구체적이지. 살림이 뭔지 모르는 사람들의 말은 언뜻 옳은 것 같아도 사실은 생명을 죽이는 소리뿐이고.

생전 채현국 선생님과의 일은 1권에도 몇 번 썼지만 떠오르는 게 많아. 매일 학교 운동장 화단을 돌며 식물들을 돌보시던 모습도 그렇고. 2017년 9월 어느 주말, 서울 면목동 녹색병원에 입원해 계신 선생님을 뵈러 다녀왔어. 매일 새벽 휠체어를 밀며 산책하시는데 그날은 비가 많이 와서 20분쯤 병원 복도를 걸었지. 그러다 결국 못 참으시겠지, "장 선생, 어디서 우의 하나 구할 수 없겠소?" 하시길래 처음에는 주저하다가 구해오게 됐지. 바람도 많이 불었고 조금이라도 비를 맞아서 감기 걸리면 큰일 아닌가 싶었는데 그렇게 말씀드리니 걱정 마소, 하는데 달리 수가 없었어.

그 비 오는 새벽, 선생님을 휠체어에 태우고 시장을 한 바퀴 돌았던 기억이 유난해. 면목시장까지 갔다가 동네를 한 바퀴 돌고 오는데 한 시간 반쯤 걸렸어. 요즘 무슨 책 읽는지 물어보셨고, 공부 못 한다고 답하니 동학 공부하라시며 원광대 박맹수 교수님의 책을 추천해 주셨지. 면목동은 목장에 면해 있다고 이름이 그렇게 된 건데 청량리가 가까워서 전국 여기저기서 올라온 사람들이 밑바닥에서부터 먹고 살려고 터를 많이 잡았다는 말씀도 들려주시고, 이제 지금 같은 풍경 보는 것도 얼마 안 남았다며 여기도 곧 고층아파트가 올라갈 거라고 안타까운 내색도 비치셨지.

다녀와서 다시 침대에 누울 때 선생님은 소년처럼 해맑게 웃으시며 핸드폰을 보여주셨어. 푹 잘 수 있을 것 같다고, 7천 보쯤 찍힌 만보기 앱을 보여주시며 하하하 웃으셨지. 그러면서, "장 선생, 우리는 사람을 죽이는 직업은 가지면 안 됩니다. 우리는 사람을 살리는 직업을 가집시다." 하셨던 게 특별하게 기억 나는 오늘이야. 간절하게 원하면 정말 우주가 도와줄까요, 물었을 때는 "우리가 우주를 도와야지, 우주에게 도움받을 일이 아닙니다." 하셨던 거인. 장난기 가득한 표정, 만날 때마다 들려주셨던 소중한 지혜들, 모두 귀하고 참 고마운 시간이었는데... 마음에 품은 소중한 인연이 다시 볼 수 없는 곳으로 떠났다는 소식을 들을 때마다 세상이 너무 쓸쓸하게 느껴져. 2017년 9월, 면목 시장에서 새벽 3시에 맞았던 가을비를 잊지 못할 것 같아.

3부.
겨울의 바다와 12개의 문장

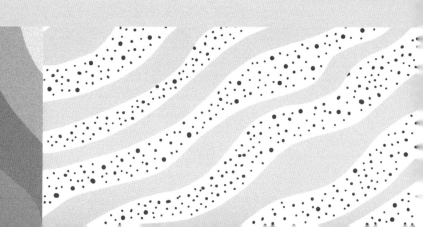

> "이토가 손가락으로 바다를 가리키며 말했다.
> - 전하, 저것이 바다입니다. 바다를 본 적이 있으신지요?"
>
> — 김훈, <하얼빈> 中

한 번도 바다를 본 적 없는 사람. 순종의 아들이자 조선의 마지막 황태자 이은이 그런 사람이었나 봐. 얼마 전 읽은 김훈의 소설 <하얼빈>에는 배 안에서 이토 히로부미가 그에게 바다를 본 적 있느냐고 묻는 장면이 나와. "이은은 대답하지 않았다. 이은은 바다를 본 적이 없었다. 아버지도 또 그 아버지인 왕들도 바다를 본 적은 없을 것이었다."

대부분 조선의 왕들이 크게 다르진 않았겠지. 외적의 침입을 피해 백성을 버리고 섬으로 달아날 때라야 비로소 들어 본 적 없는 까맣고 거대한 물소리를 들으며 이렇게도 낯설고 흔들리는 세계가 있다는 걸 겨우 알게 됐을 테지. 편안한 일상의 조력자들 곁에서 아쉬울 것 없이 살아가는 우리는 또 얼마나 다를까. 굳이 낯선 세계로 나아갈 필요가 없으니 누군가 쳐들어오지 않는 이상 먼저 신발 끈을 묶고 나설 일도 없어. 하지만 어떤 사람들은 기어코 바다를 향해 나아가. <파우스트> 2부에는, "모든 것이 물에서 태어났다네. 모든 것이 물을 통해 유지된다네. 대양이 우리에게 당신의 영원한 지배를 허락한다네!"라는 구절이 나오는데 사실 이 작품을 쓴 괴테는 한 번도 바다 근처에서 살아본 적이 없고 1787년 이탈리아 여행 도중 나폴리에서 시칠리아로 건너면서 딱 한 번 바다를 봤다고 하더라고. 유일하게 본 그 지중해의 바다가 그러나 너무도 강렬해서 <이탈리아 기행>에서는 이렇게 적었어. "자신을 둘러싸고 있는 바다를 경험해 보기 전까지는 누구도 세계와 그것이 세계와 갖는 관계를 전혀 모른다."

바닷가 근처에서 오래 산 나라고 바다를 잘 알까? 그렇진 않아. 내 삶에도 아직 가보지 못한 바다가 많아. 그리고 보니 이제는 정말로 살아야 할 계절이 온 것 같네. 알지?

"겨울이 오고 있어. Winter Is Coming."

> "새우는 죽어서야 등을 굽히고
> 시장 사람들은 죽어서야 등을 편다."

— 성윤석, <당신은 나로부터, 떠난 그곳에 잘 도착했을까> 中

경험상, 환절기가 되면 유독 슬픈 소식이 잦아져. 지난주만 해도 부고가 많았어. 아침에 사무실 가는 길에 재채기를 두 번 했는데 한 번은 H, 한 번은 K 비슷한 소리가 나더라고. 환절기가 되면 어김없이 찾아오는 감기(고뿔)를 손님이라고 했던 어른들의 말을 이해할 수 있는 나이가 된 걸까. 이번에 감기에 걸리니 아프지 않은 상태가 당연한 게 아님을 새삼스레 깨닫게 되면서 삶에 더욱 겸손해졌지 뭐야.

바다를 처음 보면, 충격으로 상상력이 증폭되고 세계를 보는 눈도 달라지잖아. 그런 것처럼 살다가 바닥을 한 번 보는 것도 꼭 나쁜 일만은 아니라고 생각해. 물론 고통스러울 테니 되도록 피하는 게 좋겠지만 어쩔 수 없는 일이라면 오히려 좋은 기회로 생각하고 잘 극복해 볼 일이야. 그 과정에서, 그 혹독한 겨울을 보내는 동안 남들은 모를 어떤 지혜를 얻게 될 수도 있으니까. 그리고 보니 책을 볼 때도 한 바닥, 두 바닥이라고 하네. 책 읽는 사람은 바닥을 본 사람?

경남 창원에 사는 시인 성윤석은 부두 노동자로 살았던 경험을 담아 시집 <멍게>를 냈는데 이후 펴낸 산문집에서 생의 밑바닥에서 만난 사유들을 선보여. 생의 밑바닥은 아마도 깊은 바닷속처럼 까맣고 막막했을 테지. 하지만 갑자기 큰돈을 벌거나 스타가 되거나 초고속승진을 한 사람들의 말로가 별로 좋지 못한 걸 보면 고통스럽더라도 스스로의 힘으로 바닥에서부터 천천히 한 걸음씩 정석대로 나아가는 삶이 확실히 건강한 것이긴 해. 과정을 건너뛰면 근력을 기르지 못한 상태에서 무거운 짐을 들어야 하는 것처럼 아무리 좋은 것이라도 감당할 수 없어 휘둘릴 가능성이 크니까 말이야. 원하는 결과를 얻지 못했다고 실망할 것도 없어. 이중부정은 처음으로 돌아가는 게 아니야. 비용을 치렀기 때문에 겉으로는 같아 보여도 실제로는 이전과 분명하게 달라져 있을 거라고 믿어.

감기 바이러스를 물리치느라 전쟁이 한창인지 몸 전체가 식은땀을 쏟아내며 뜨겁게 발열 중이야. 그만 쓰고 바닥에 좀 누워야겠어.

"흐르는 강물을 거꾸로 거슬러 오르는 연어들의
도무지 알 수 없는 그들만의 신비한 이유처럼"

— 강산에, <거꾸로 강을 거슬러 오르는 저 힘찬 연어들처럼> 中

1997년 말 IMF가 닥치면서 국민 전체가 갑자기 바닥을 보게 됐지. 이듬해인 1998년, 강산에는 <거꾸로 강을 거슬러 오르는 저 힘찬 연어들처럼>을 발표해 희망 잃은 사람들에게 큰 힘을 줬어. 알에서 깨어나 바다로 갔다가 다시 태어난 곳으로 돌아오기 위해 거꾸로 강을 거슬러 오르는 그 힘찬 연어들의 모습에서, 강산에는 각자에게 주어진 힘겨운 현실을 기어코 박차고 일어서는 인간들의 힘을 보았을 거야. "진정한 진리는 만유인력 법칙이 아니라, 중력을 뿌리치고 새가 하늘 높이 날아오른다는 것"이라던 칼 폴라니의 말처럼, 일직선으로 내리는 빗줄기 가운데 유독 사선으로 삐딱하게 떨어지는 빗줄기들을 보다가 문득 창조와 생성의 비밀을 깨닫고 '클리나멘(clinamen)'이란 개념을 창안한 고대 로마 철학자 루크레티우스처럼, 그리고 강산에가 노래한 연어처럼 인간도 그렇게 거슬러 올라갈 수 있는 존재이기에 특별한 거겠지.

이 노래뿐만 아니라 강산에의 노랫말은 '한국노랫말 대상'까지 받았을 정도로 우리 모어(母語)의 다채로운 감성을 담은 아름다운 가사로 유명해. 데뷔곡인 <라구요>를 비롯해 부모님 고향인 이북 함경도의 정서로 랩까지 구사하는 <명태> 같은 노래를 들어보라고. 부산에서 자란 사람답게 부산만의 진한 정서가 느껴지는 <와그라노> 같은 노래는 또 어때? 그는 '노래하는 삐따기'란 별명처럼 자유와 저항을 이야기할 때 가장 먼저 떠오르는 아티스트야.

우연한 계기로 2021년 5월 25일 제주 함덕에서 강산에 형과 처음 만나 인사하는 행운을 누렸어. 새벽까지 마셨지. 이후로 내가 사는 광안리에서, 친구 완준과 가원 부부가 운영하는 가게 '뎅기피버'에서도 밤을 새워 가며 마셨고 추억을 쌓았어. 좋은 스승, 좋은 선배를 만난다는 건 단순히 좋은 사람을 만나는 것과는 또 다른 감동과 즐거움을 주는 법인데 일가를 이룬 예술가를 만나 그 속내를 들으며 소년 같은 웃음을 보는 것 자체가 나에게는 큰 가르침이었달까. IMF는 이제 과거가 되었지만, 아직도 나라는 어지럽고 부조리는 곳곳에서 차고 넘쳐. 이런 삭막한 세상에서 지금도 자기에게 주어진 현실을 극복하기 위해 언어처럼 최선을 다하고 있을 분들에게 응원과 존경의 마음을 담아 인사하고 싶어. 어떤 고민은 다른 사람에겐 하찮기 그지없는 것이지만 당사자에게는 사력을 다해 돌파해야 하는, 오직 세계와 자신만의 피투성이 싸움이라는 걸 아니까 하는 말이야.

"당신에게 저 깊고 푸른 바다를 보냅니다."

— 한창훈, <인생이 허기질 때 바다로 가라> 中

'가을엔 편지를 하겠어요'라는 유명한 가사도 있지만 난 '겨울엔 방어를 먹겠어요'라고 노래하고 싶어. 누구라도 그대가 되어 한잔 따라주면 좋겠는데 말이야. 겨울은 유난히 바다를 생각하며 군침 흘리기 좋은 계절이야. 아들 주호와 딸 지원이의 이름이 함께 있어서 더 정이 가는 지호를 씩씩하고 멋지게 키우고 있는 후배이자 동료 진명, 윤정 부부는 매년 겨울이면 맛있는 굴을 슬쩍 나눠줘서 그 굴처럼 뽀얗고 고소한 고마움을 느끼게 하지. 방어와 굴 뿐이겠어? 겨울엔 고등어나 과메기도 기름이 꽉 끼어서 제철이지.

언젠가부터 제철 음식 먹는 걸 중요한 의례로 여기게 됐어. 이제는 철없다는 소리보다 철들었다는 얘길 더 듣고 싶어졌나 봐. 해마다 효봉 선생님의 작업장인 기장 부산요에서는 여름이면 나가시 소멘을, 겨울이면 10kg 방어 해체로 송년회를 했고 그때마다 목표인 만취, 대취, 완취를 위해 최선을 다해 한발씩 나아갔더랬지. 겨울 밀치까지 곁들이면, 침이 눈물처럼 흐르곤 했던 밤들이었어.

　'음식남녀'라는 말처럼, 식욕과 성욕은 인간 존재의 근간. 그러나 미식은 사람들을 감각적으로 예민하게 하고 노동과 일상의 중요성을 알게 하니 기존 체제에 반감을 갖도록 만들기도 하는데 유교적 전통이 강한 양반 문화에서 이런 이야기들을 금기처럼 경원시한 이유기도 하지. 그럴수록 우리는 줄기차게 먹고 싸는 이야기를 함께 나누면 좋겠어. 조선 시대 최고의 반골이라고 해도 좋을 허균도 그 숨 막히는 시대에 보란 듯이 <도문대작>을 남겼잖아. 데뷔작 <홍합>부터 한국 문학계에 시원한 바닷물을 한바탕 쫙 '찌끄리며' '바다의 작가'로 불리는 한창훈은 <자산어보>에서 영감을 받아 산문집 <인생이 허기질 때 바다로 가라>를 펴냈는데 그는 이 책의 들어가는 말을, "저는 당신이 바다를 좋아한다는 것을 알고 있습니다."라고 시작해서 "당신에게 저 깊고 푸른 바다를 보냅니다."라는 문장으로 맺고 있지. 그 말처럼 다 읽고 나면 멋진 바다 한 상을 푸짐하게 맛본 느낌이야.

　어떤 밤도, 아무도 울지 않는 밤은 없다던 말이 떠올라. 이 겨울, 건강한 비린내를 가득 품은 제철 바다 음식을 나눠 먹으며 우리 모두 기운 내자! 먹고 힘내자고!

"예수는 밀물이요, 노자는 썰물"

― 보후밀 흐라발, <너무 시끄러운 고독> 中

보후밀 흐라발이 자신이 쓴 책 가운데 가장 사랑하는 책이라면서 이 작품을 쓰기 위해 세상에 왔다고 고백할 정도였던 소설 <너무 시끄러운 고독>은, "삼십오 년째 나는 폐지 더미 속에서 일하고 있다."는 문장으로 시작해. 주인공 한탸는 소설 속에서, "예수는 밀물이요, 노자는 썰물"이라고 말하지. 예수와 노자, 그 밀물과 썰물이 합쳐지면 바다가 되는 걸까. 한탸가 압축기의 녹색 버튼을 누르면 압축판은 전진했고 붉은색 버튼을 누르면 압축판이 후진했어. 한탸는 매일 밀물과 썰물을 조정하는 바다의 신 같은 존재였는데 그러나 현대적 시설을 갖춘 새로운 폐지 처리장을 목격하면서 이제는 자신을 둘러싼 세계가 너무도 달라졌다는 걸 알게 돼. 젊은 작업자들은 자신과는 너무도 다른 생각을 하며 살아간다는 것도.

겨울비 내리던 며칠 전 집 앞에서 후배들과 낮술을 한잔했어. 북면막걸리 5병과 진로 소주 3병에 각자의 희로애락을

희석하며 세상을 성토하는 낙을 누렸지. '사나운 세상에서 문화라는 뿌옇기만 한 길을 걸으며 우리가 할 수 있는 게 과연 있기나 한 걸까.' '유사 파시스트라고 해도 좋을 사나운 사람들의 목소리만 드높은 세상이야.' '간편한 말 몇 마디로 세상을 구분하려는 사람들은 무조건 멀리해야 해. 멍청함을 이길 수는 없으니까.'

그렇게 어릴 때처럼 마음껏 세상을 욕하고 한편으론 우리의 무력함을 자조하다가 문득 무너지는 폐지 더미 속에서, 그 낡고 허름한 것들로부터 뭉근하게 피어나는 어떤 의미들을 찾아내려던 한탸의 모습을 떠올렸어. 그날 과메기는 끝내줬고 명태포 전은 고소하기 그지없었어. 한탸가 폐지 더미를 사랑했듯, 비 오는 날의 우리는 기름 냄새를 맡는 것에 머무르지 않고 빨아들이고 입안에서 돌리고 꿀꺽 삼키면서 잠깐이나마 즐거운 한숨을 내쉴 수 있었어. 먹고 나니 미친 것처럼 졸음이 쏟아지더라고. 생각해 보면 겨울비 내리는 오후, 꾸벅꾸벅 조는 것보다 더 어울리는 일이 있을까. 세상이야 제멋대로 변해 가든 말든 난 이제 졸리면 그냥 졸면서 살고 싶어졌어.

아니, 아니, 졸면서 살자는 얘기가 아니야! 빠르게 변해가는 세상 따위? 다 좋은데 우리, 쫄지는 말자고!

"파란 밤하늘은 별의 바다요,
사람의 마음은 고민의 바다요."

— '아리랑'의 한 대목, 강상중의 <고민하는 힘> 中

　　강상중 교수는 <고민하는 힘> 서문에서 어머니를 추억하며, 그 어머니가 깊은 한숨을 내쉬면서 눈물 젖은 목소리로 중얼거리던 '아리랑'의 한 대목을 인용하며 책을 시작해. 정말로 인간의 삶이란 달리 말하면 매 순간 고민하는 삶이기도 하지. 그리고 그 고민이 넓고 깊을수록 그 속에서 찾아낸 살아가야 할 의미도 웅숭깊어지는 것일 테고.

　　내가 책을 되도록 도서관에 직접 가서 빌려오거나, 혹은 오프라인 서점에 가서 사는 이유도 조금은 불편하고 힘든 것들이 인생에는 큰 힘을 준다는 걸 알기 때문이야. 거기에는 우연한 만남에 대한 기대가 있거든. 종이 신문을 보는 이유도 마찬가지지. 필요한 것만 콕 집어서 빼내는 디지털의 방식은 '기존의 나'라는 한계를 벗어날 수 없게 만들어. 무엇을 만나고, 무엇을 선택할지가 모두 기존의 내 안에서 나오기 때문이야. 하지만 서점 매대 앞에 서면 내가 살 책 옆으로 우연한 만남들이 주르륵 기다리지. 사실 내가 아끼는 책 중 상당수가 그렇게 우연히 만난 책들이기도 해. 종이 신문도 예상치 못했던 다양한 기사들을 만나게 해주고. 어떤 의미에서 디지털은 오히려 가성비가 떨어지는 비효율적인 행위야. 자기 밖으로 못 나오도록 계속 가두니까. 문화의 핵심은 불편함이고 인간은 불편할 때라야 비로소 긴장하면서 새로운 눈을 뜨게 되지. 늘 하던 방식이 아닌, 익숙한 것에서 벗어나 다른 방법을 연구하게 되니까.

입에 쓴 약이 몸에 좋다는 건 누구나 아는 상식이지만 실천하기가 어려워. 그래도 별 없는 밤하늘이 공허한 것처럼, 고민 없는 사람의 마음은 물기 없는 사막이나 다름없을 거야. 언젠가 '읽은' 사람들의 글보다는, '잃은' 사람들의 글이 훨씬 좋다고 쓴 적 있는데 말장난 같지만 정말 그렇게 생각해. "사랑을 잃고 나는 쓰네."(빈집) 라고 노래한 기형도처럼, "너도 견디고 있구나, 어차피 우리도 이 세상에 세 들어 살고 있으므로 고통은 말하자면 월세 같은 것인데."(겨울 산) 라고 노래한 황지우처럼, 잃고 고민하고 고통받는 꼭 그만큼 우리도 성장할 수 있지 않을까. 바다(sea)를 뜻하는 영어 단어가 's'로 시작하는데, 하늘(sky)과 별(star)과 해(sun)와 눈(snow)이 모두 그렇다는 게 재밌어. 아픔(sick)도, 그리고 또 노래(song)와 이야기(story)도.

> "말로 할 수 있다면,
> 그림을 그릴 이유가 없다."
>
> If you could say it in words,
> there would be no reason to paint.
>
> — 에드워드 호퍼 (Edward Hopper)

2017년 가을에 뉴욕 현대미술관(MoMA)에서 출판 총괄 담당자 찰스의 초대로 일반에 공개되지 않은 여러 작품을 둘러보다 에드워드 호퍼의 작품을 발견하고 좋아서 한참을 바라봤던 기억이 있어.

나는 작업할 때 사람 목소리나 관악기가 들어가는 음악은 피하는 편이야. 자극이 너무 세니까. 한때는 주로 에릭 사티를 많이 들었는데 에드워드 호퍼의 그림과 에릭 사티의 음악은 시대도 다르고 장르도 다르지만 묘한 공통점을 느끼게 해. 둘 다 자신을 드러내거나 주장하지 않았고 일상의 소소한 배경이 되는 예술을 추구했다는 점에서 그런 것 같아. 파리 음악원을 중퇴하고 몽마르트르 언덕 작은 카페에서 피아노를 치던 22살의 에릭 사티. 좋은 가구처럼 있는 듯 없는 듯, 존재를 주장하지 않고 일상의 일부로 존재하기를 바라면서 만들었다는 세 개의 짐노페디는, 고대 스파르타에서 나체의 젊은 남자들이 신을 기리던 군무 의식을 의미하지. 실제 음악을 들어보면 종교적인 느낌이 있어. 그리고 그 점은 에드워드 호퍼도 마찬가지야. 주유소나 도시의 허름한 카페 같은 소소한 일상을 그렸지만, 거기엔 묘한 종교적 기운이 감돌고 무엇보다 자극적이지 않은, 익숙해서 잘 알아차리지 못했던 쓸쓸함이 깔려있지.

특정 제도종교를 믿지 않더라도 누구나 어떤 신비로운 힘에 마음속으로 품게 되는 신심이 있게 마련일 거야. 한 해를 보내는 세밑, 요즘 나의 일상은 어떤 신심으로 채워져 있나 생각해 봤어. 에드워드 호퍼의 '아침 해' 같은 작품이 걸려있고 에릭 사티의 '짐노페디'가 흐르는 도서관에서 맥주를 마시며 책을 읽다가 실제 아침 해가 떠올라서 벌거벗고 신을 기리며 춤을 추는 장면을 상상해 봐. 사위는 고요하지만, 가슴은 얼마나 뜨거워질 것인지.

> "저기 떠나가는 배 거친 바다 외로이
> 겨울비에 젖은 돛에 가득 찬바람을 안고서"

— 정태춘, <떠나가는 배> 中

나는 종교도 없고 이런저런 종교와 관련된 사람들도 별로 좋아하지 않지만, 일상 속에서 신심(信心)을 가진 사람들을 만나면 마음이 경건해지고 존경심이 생겨. 그들의 노력은 항상 자기 자신을 향하기 때문이야. 남에게 이래라저래라하는 방식이 아니라 자기 안에서 자기 신념을 증명하려는 분들, 내용보다는 태도로 우선 다가가게 만드는 분들이지.

코로나 시기에 고생하셨던 분들을 기억하고 싶어서 그래. 그분들이 자랑스럽고 고맙고 또 죄송한 마음이 들어서. 묵묵히 정말 오랜 시간, 숨 막히는 복장으로 숨 막히는 현장에서 누가 특별히 알아주지 않는데도 밤을 새워 가며 구슬땀을 흘리며 소명을 다하신 분들에게 감사와 존경의 마음을 전하고 싶어. 종교도 없는 나 같은 인간에게, 소명을 다한다는 말이 그렇게 울컥하게 다가왔던 때도 없었던 것 같아. 세상에는 일면식도 없는 사람들을 살리려고 애쓰는 사람들이 있고, 한편에선 누구에게든 낙인을 찍어 죽여가면서 자신의 나약함과 불안을 달래려 드는 사람들이 있지. 전자에게는 존경을, 후자에게는 낯 뜨거우니 제발 좀 그만해달라는 부탁을 하고 싶은 요즘이야.

나는 종교가 없지만, 제도화되기 이전 기독교나 불교가 보여준 어떤 혁명적인 급진성이야말로 지금 우리가 경건하게 곱씹어봐야 할, 말 그대로 인류를 위한 '가장 큰 가르침[宗敎]'이 아닐까 생각해 보고 있어. 음악으로 나에게 이런 가르침을 주신 분은 정태춘, 박은옥 선생님이야. 나는 선생님들의 노래에 배, 서해, 북한강, 바다로 가는 시내버스 등 유난히 물과 바다에 관한 노래가 많다는 점이 신기했어. 박은옥 선생님의 목소리는 세이렌처럼 듣는 순간 몸을 얼게 하고, 정태춘 선생님의 목소리는 그 세이렌의 마법에도 흔들리지 않으려고 제 몸을 밧줄로 묶었다던 오디세우스의 초연함을 느끼게 하지.

서슬 퍼런 군부독재 시기였던 전두환 정권 때인 1983년에 만든 <떠나가는 배>가 올해로 40주년이 되었어. 이 노래의 부제는 '이어도'. 거친 바다 외로이 찬바람을 가득 안고 떠나가는 배는 평화의 땅 이어도를 찾아가고 있었던 거지. 그곳은 무욕의 땅이고, 이별 없는 이상향의 땅이라는데. 우리나라의 독보적인 음유시인이자 저항의 예술가, 언제나 힘없고 어려운 사람들 편에 서서 거리에서 싸우고 최선을 다해주신 정태춘, 박은옥 선생님의 노래를 들으며 나도 오늘은 그 무욕의 땅, 이상향의 땅에 가보는 꿈을 꿔볼 거야.

"사전을 만드는 일에 평생을 바칠 겁니다. 다만 겁이 나요.
사전은 저 혼자 만들 수 있는 게 아닌 것 같아서."

— 영화 <행복한 사전> 中

1983년생 이시이 유야 감독의 <행복한 사전>. 사람마다 취향이 다르니 뭐랄 순 없지만, 출판사를 운영하는 나에게는 정말 많은 걸 느끼게 해준 최고의 영화였어. 소설 <배를 엮다>가 원작인데 사전 하나를 만들기 위해 15년 동안 한 몸처럼 일하는 출판사 편집부 사람들의 이야기거든. <심야식당>으로 유명한 코바야시 카오루가 반갑기도 했고, 출판 업계 사람들에겐 유명한 드라마 <중쇄를 찍자>의 쿠로키 하루는 더 반가웠고.

사전을 만드는, 사회적으로는 비효율적이기 그지없고 시대에 뒤떨어진 일을 하는 이 사람들은 말하자면 수도승 같은 존재야. 원래 학문이나 예술처럼 세속적 의미에서는 쓸모없는 일을 하는 사람들이 마땅히 이런 모습이어야 하지 않나 싶었지. 영화의 첫 장면은 바다야. 이들이 만들려는 사전의 이름도 그 바다를 크게 건너보겠다는 뜻인지 '대도해(大渡海)'. 가장 어둡고 좁은 책상 위에서 그들은 가장 넓은 바다를 넘어서는 꿈을 꿔. 물리적으로는 가장 좁은 세상에 있지만, 정신적으로는 가장 넓은 세계와 만나려는 이들. 나는 이들이 자신들의 의도와는 상관없이 자본주의에 먹혀버린 근대적 합리성과 질서에 맞서는 반자본주의적 혁명가들이기도 하다는 생각이 들었는데 너무 거창한가.

38년 동안 사전을 만들어 온 아라키 코(코바야시 카오루)가 퇴직하는 소박한 전별식 풍경이 특히 인상적이었어. 사무실 근처 조그만 이자카야의 한 테이블에서 서로 작은 선물 하나와 꽃다발, 그리고 진심이 담긴 대사 몇 마디를 나눈 뒤 헤어지는 장면. 기름기 가득한 권위와 허세로 끈적끈적한 여느 행사들과는 질도 격도 달랐거든. 기억나는 대사가 많은데 그중 하나.

"단어는 생겨나기도 하고 또 소멸되기도 합니다. 살아있는 동안 의미가 변하기도 하지요. … 단어의 의미를 알고 싶다는 건 누군가의 마음을 정확히 알고 싶다는 뜻이죠. 그건 타인과 연결되고 싶다는 욕망 아닐까요. 그러니 우리는 지금 현재를 살아가는 사람들을 위해 사전을 만들어야 합니다."

"그 머시라꼬!"

— 이성철

오늘 무척 추웠어. 늦은 밤, 하늘을 보니 별이 유난히 또렷했지. 공기가 차가울수록 별은 잘 보이게 마련인데 이런 이치는 꼭 사람 사는 이치와도 통하는 것 같아. 또렷한 별을 보려면 추위를 각오해야 한다는 것. 낮에는 별을 볼 수 없으니 밤까지 기다려야 한다는 것. 뭐든 그런데 나는 가끔, 아니 자주 이런 중요한 사실들을 잊고 지내.

돌아보면 가장 힘든 시절에 가장 중요한 분을 만나 여기까지 올 수 있지 않았나 싶어. 지금도 아무 때나 사랑한다고 서슴없이 말하게 되는 이성철 교수님 이야기를 좀 하고 싶어서. 내가 전생에 나라를 구했는지, 이번 생에서 만나 참으로 많은 가르침과 빚을 선생님으로부터 무상제공 받고 있거든. '인생도처 유상수', '골목마다 와호장룡'이라는 말처럼 둘러보면 모두 스승이지만 혼란스러울 때마다 어디를 바라봐야 하고 또 어떤 태도로 살아야 할지, 책으로는 물론이고 생활로도 가르쳐주시는 선생님을 만나게 되어 새삼 깊은 고마움을 느끼는 요즘이야. 만날 때마다 많이 마셨는데 집에 와서 보면 언제나 메모가 가득했는데 그만큼 머리도 채워주셨지만, 사실은 마음을 더욱 풍요롭게 쓰다듬어 주신 덕분에 함부로 세상에 중독되거나 누군가에 기대지 않고 내 종아리와 허벅지로 조금씩 걷는 법도 배우게 된 것 같아. 특히 내가 무너지려고 할 때마다 전적으로 나를 믿어주며 힘내라고 자주 해주셨던 그 말씀, "그 머시라꼬!"

겸손과 사랑이 든든하게 바탕이 된 가르침은 학생을 얼마나 크게 감동하게 만드는지, 그 학생이 가진 열등감이나 상처를 얼마나 아름답게 치유해 줄 수 있는지, 이성철 선생님과의 오랜 우정을 통해 절절하게 목격하고 깨달을 수 있었어. 내가 바로 그 학생 중 하나였기 때문에 누구보다 잘 알 수 있지. 2007년 박사과정 첫 학기에 뵙게 된 이후 출판사를 준비하던 시절부터 지금까지 조금도 변치 않는 응원의 마음으로 늘 지지해주셔서 정말 고마운 마음이야. 언젠가 내 생일날 만취해서 쓰러지는 내 머리를 순간적으로 받쳐서 생명을 구해주신 것은 덤이랄까. 그 고마움의 마음을 오늘 여기 기록으로 남겨두고 싶어.

"하늘이 내려앉은 바닷가 풍경이
새삼 보고 싶네."

― 심전 박재환

    스승 이야기를 하다 보니 지도교수님이신 박재환 선생님 이야기를 안 할 수 없어. 나에게는 제2의 아버지 같은 분이신데 깊고 큰 학자시면서도 장난기 많고 예술가 같은 분이시기도 하지. <바다의 문장들 1>이 나왔을 때 이런 문장으로 시작하는 아름다운 시를 보내주셨어. "안리, 하늘이 내려앉은 바닷가 풍경이 새삼 보고 싶네." 눈물이 핑 돌았지.

    인생에는 이전과 이후를 완전히 가르는 분기점 같은 날이 한 번씩 찾아와. 나에게는 그게 2001년 어느 날이었어. 아침에 수영구 도서관에서 <현대와 탈현대의 사회사상>이란 책을 읽고 저자이신 부경대 전경갑 교수님께 전화해 무작정 찾아뵀지. 공부하고 싶다고 말씀드리니 교수님이 어디론가 전화하신 뒤에 말씀하시는 거야. "부산대 사회학과에 가서 박재환 교수님을 만나보세요." 그날 오후에 선생님을 처음 뵈었고 이후 시험을 쳐서 2002년 대학원 신입생으로 사회학을 공부하게 됐는데 어느덧 20년 넘는 세월이 지났지만, 아직도 그날만큼은 공기 냄새와 바람 온도까지 모든 것이 생생하게 기억나.

철없이 건방지기만 했던 이십 대의 나에게 삶이 얼마나 품격 있고 아름다울 수 있는지 알려주신 선생님 덕분에 그 인생의 한 계절을 버틸 수 있었던 것 같아. 그 시절의 나는 가족이나 친구에게도 못 할 말을 선생님께 털어놓으며 펑펑 울기도 했고 새벽까지 선생님을 붙들고 한 잔만 더 하고 들어가시라며 어리광을 부리기도 했는데 선생님은 그런 나를 유난히도 예뻐하셨지. 지금도 최선을 다해 떼쓰고 고집부리며 까불어야 하는데 요즘의 나는 너무 얌전하고 차분해진 것 같아 죄송할 따름이야. 그때나 지금이나 여전하신 선생님의 장난기에 제대로 부응하지 못하고 있으니 마음이 무겁지.

가끔 선생님이, '가는 아가 참 두껍더라.' 하실 때가 있어. 세상도 얄팍하고 인간들도 얄팍한 시대에 그게 선생님의 가장 큰 칭찬이라는 걸 알게 된 후부터 나도 두꺼운 사람이 되고 싶어졌어. 모르는 자들이 가득한 세상에서 아는 분을 만나 깊게 사귈 수 있게 된 건 나에게는 정말 큰 행운이야. 올해는 선생님의 팔순. 존경과 사랑의 마음을 담아 오래오래 뵐 수 있기를 소망하며 나도 더 두꺼운 사람이 되기 위해 노력하겠다는 다짐을 여기 남겨.

> "세상 풍경 중에서 제일 아름다운 풍경
> 모든 것들이 제자리로 돌아오는 풍경"

— 시인과 촌장, <풍경> 中

연말이라 그런가. 마음이 싱숭생숭해서 원고는 한 줄도 못 쓴 채 음악만 듣다 시간 다 보냈네. 그래도 오랜만에 시인과 촌장을 들으니 추운 겨울밤 마음은 포근해졌어. "저 숲에서 나오니 숲이 보이네."라고 노래하는 <숲>을 듣다 보니 진짜 풍경을 보려면 역시 숲에서 나와야 한다는 것도 알게 돼 좋았고. 불과 2분 좀 넘는 짧은 노래로 어떻게 이렇게 인생과 세상의 비밀을 중언부언하지 않으면서도 핵심으로 치받고 들어오는지. 탐욕과 속도로 점철된 비정상적인 일상의 리듬에서 벗어나 봐야 비로소 어떻게 살고 있는지 보게 될 텐데 정말 내가 요즘 뭐하며 살고 있는지 모르겠네.

사는 게 가끔은 게임 같다는 생각도 들어. 미션은 끝이 없이 이어지고 단계를 넘어갈수록 난도는 높아지는데 보상은 줄어들지. 작업장에서나 쓰는 형광등 아래에서 카페인과 니코틴, 에너지 드링크 같은 각성의 연쇄로만 겨우겨우 버티는 건 너무 비참한 삶인데 말이야. 시간은 흐르는데 나만 아무것도 안 하고 멍하니 멈춰 있는 것 같은 기분 알아? 사실 아무것도 안 하는 것도 아니거든. 오히려 하루에도 몇 개씩 일정을 소화하는 게 벅찰 정도지만 가족 모두가 잠들고 핸드폰도 조용해지는 늦은 밤에는, 역시 오늘도 아무것도 하지 않았다는 설명하기 힘든 공허함을 느끼곤 해. 뱅뱅 돌아 제자리인 것 같은 이 기분은 뭘까.

마음을 좀 다스리려고 바닷가를 걷다 왔어. 끊임없이 반복되고, 그래서 쉬지 않고 움직이지만 늘 제자리인 바다를 보며 그 밀물과 썰물의 규칙적인 운동과 균형 속에서 물극필반(物極必反), 원시반본(原始反本), 거자필반(去者必返), 회자정리(會者定離) 같은 말들을 떠올렸지. 걷다 보니 어지럽게 꼬여있던 마음속 응어리가 1mm쯤은 풀린 기분이 들었어. 내일도 1mm, 모레도 그렇게 조금씩 조금씩 야금야금 풀어볼까 싶어. 야금(冶金)은 실제로도 금속을 정제, 제련, 가공하여 다듬는 일이지. 그러니 올겨울을 '야금의 겨울'로 삼아볼래. 조금씩 방심하는 사이에 삶의 나사가 너무 꽉 조여졌어. 되돌리는 데도 시간이 필요하겠지. 적당히 헐렁하고 느슨해야 삶에 윤기가 생기니까 천천히 조금씩 다시 풀어볼 생각이야.

지금 나오는 노래는 시인과 촌장의 <풍경>. 과연, 모든 것들이 제자리로 돌아오는 풍경은 제일 아름다운 풍경이야.

4부 · 봄의 바다와 12개의 문장

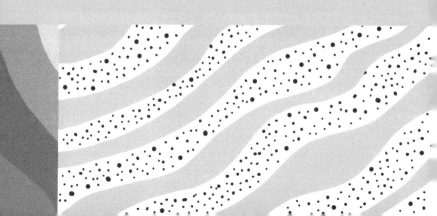

"이응!"

— 장지원

봄은 이름에 유일하게 'ㅇ'이 없어. 여름, 가을, 겨울에는 이응이 사이좋게 하나씩 있는데. 야옹이랑 엉덩이에는 무려 네 개씩이나 있고 말이야. 아이, 이야기, 음악처럼 이응이 두 개만 들어가도 한결 마음이 보드라워지는 느낌인데 봄에는 왜 이응이 없을까. 이응 페티시 아닌가 싶겠지만 그런 건 아니야. 그냥 이응의 그 동그라미 모양과 이응이라는 발음이 좋아서 계속 생각하다 보니 그렇더라고. 양아치처럼 이응이 세 개나 있지만 별로 안 좋아하는 단어도 있는걸.

전설이 된 가수 김광석은 공연 때 <서른 즈음에>를 부르면서 이런 멘트를 한 적 있대. "10대 때는 거울처럼 지내죠. 자꾸 비춰보고, 흉내 내고. 20대쯤 되면 유리처럼 지내요. 자극이 오면 튕겨내거나 스스로 깨지면서 아픔 같은 것들이 자꾸 생겨나고 또 비슷한 일이 일어나면 더 아프기 싫어서 비켜

나가죠. 피해 가고 일정 부분 포기하고 인정하고 그러면서 지내다 보면 나이에 'ㄴ'이 붙습니다. 서른이지요. 그때쯤 되면 스스로의 한계도 인정해야 하고 주변에서 일어나는 일도 그렇게 재미있거나 신기하거나 그렇지 못합니다."

열 살 이후로는 이응이 사라지고 스물 이후에는 김광석 말처럼 'ㄴ'이 붙어서 서른, 마흔, 쉰이 되는데 그렇게 훌쩍 건너뛴 다음 다시 예순, 일흔, 여든, 아흔, 이렇게 'ㄴ'과 'ㅇ'이 함께하기 시작해. 서른을 갓 넘긴 나이에 안타깝게 세상을 떠난 김광석은 한때 고대 앞에서 카페를 운영한 적도 있는데 그 카페 이름은 '고리'였다지. 사람과 사람을 연결하고, 인연과 인연을 연결하는 고리 역할을 하고 싶다는 뜻이었대. 고리 모양도 동그라미잖아. 서로 연결하고 끊임없이 순환하는 이응 모양.

봄에 이응을 넣어 줄 방법이 없는 건 아니야. 조금만 더 느긋하게, 부드럽게 발음해 보면 없던 이응도 생겨나지. 보옴, 하고 발음해 보라고. 보오오오옴, 하면 더 좋고. 그런데 난데없이 왜 자꾸 이응 타령이냐고? 사실은 요즘 딸이 나랑 카톡 할 때 기분이 좋으면 이렇게 대답하거든. "이응!" 그래서 이응이 좋아졌어. 좋아지면 계속 생각하게 되는 법이니까.

"다.시.만.나.자."

— 구헌주(Kay2), 인천국제공항 공공예술 프로젝트 (with Jinsbh)

이맘때 광안리 아파트 단지 쪽은 벚꽃 보러 온 인파(人波)가 말 그대로 거대한 파도처럼 출렁여. 오늘따라 유난해서 도저히 안 되겠다 싶어 근처 광남초등학교 후문 쪽으로 도망갔지. 거기서 오랜만에 내가 좋아하는 그래피티와 마주치니 갑자기 기분이 좋아졌어. 한국을 대표하는 그래피티 아티스트 구헌주(Kay2)의 2012년 작품 '자이언트 키드'. 아이가 쪼그려 앉아 돋보기로 무언가를 바라보는 유명한 그림.

헌주는 개인적으로 친한 후배이기도 하지만 내가 팬으로서 정말 좋아하는 아티스트이기도 해. 2017년 4월 1일 헌주와 소영의 결혼식 날 내 평생 처음이자 마지막 주례를 보느라 손을 벌벌 떨었던 기억을 떠올리면 지금도 얼굴이 빨개지는데 만우절 거짓말처럼 아름다운 시간이었어. 그것도 벌써 6년 전 일인데 그러고 보면 사랑만큼 씩씩하고 아름다운 것도 없는 것 같아. 판타지가 아닌 진짜 삶의 모습을 회피하지 않고 누구보다 멋지게 정면 돌파하며 살아온 두 사람의 모습을 떠올리니 그런 생각을 하게 돼.

헌주는 2010년에 내가 멤버들과 12년 만에 발매한 EP <기쁜 열대>의 앨범 이미지를 작업해 줬고, 2012년에는 내 책 <록킹 소사이어티>에 나오는 뮤지션 그림을 그려준 뒤 원화 스케치북을 선물해 주기도 했어. 말하자면 참 따뜻한 사람이지. 저항적 메시지를 전할 때조차 부정의 에너지보다 생을 긍정하는 낙천과 유머의 에너지를, 고립보다 연대를, 쾌활함을, 그래서 끝내 인간으로서의 품위와 온기를 포기하지 않는 구헌주라는 사람과 그의 작품이 정말 좋아. 2008년 역도선수 장미란을 소재로 한 작품이 가장 많이 알려졌을 텐데 담양의 '젊은 그대', 거인이었던 우리의 아버지들을 기념한 태백의 '거인', 문 열린 새장을 그린 제주의 'open cage', 보는 순간 울컥하게 만드는 파주 도라산역의 '재회', 바다를 보며 골똘히 생각에 잠긴 아이를 그린 영도의 '사색하는 풍경', 파주 DMZ 안 문화예술구락부 통의 '놓을 수 없는 손들' 등 추천하고 싶은 작품이 너무 많은데 특히 2020년 인천국제공항에 전시했던 작품 '다.시.만.나.자'는 구헌주의 작품세계에 일관되게 흐르는 특유의 정서를 보여줘.

이제 코로나는 끝났고 세계인들도 다시 만나기 시작했어. 두말할 나위 없이 너무도 사랑스럽고 아름다운 부부 구헌주, 임소영에게 앞으로 더 재밌게 할 일도 늘어날 테니 건강하게 오래오래 함께하자는 말을 전하고 싶어.

"파도가 부서지는 바위섬 인적 없던 이곳에
세상 사람들 하나둘 모여들더니"

— 김원중, <바위섬>

헌주 얘기를 하다 보니 광주라는 도시가 떠올랐어. 언급했던 장미란 작품을 포함해 구헌주 작품이 광주에 여럿 있는데 그중 시계의 시침과 초침이 5시와 18분을 가리키는 '5시 18분'이란 작품이 있거든. 5월 18일은 우리나라 역사에서는 물론이고 광주 시민들에게는 정말 중요한 날이잖아.

1980년 5월 18일, 광주민주화운동 당시 광주는 완전히 고립된 바위섬이었지. 당시 현장에 있었던 조선대 학생 배창희가 <바위섬>이란 제목으로 가사와 노래를 만들었고 4년 뒤인 1984년 전남대 학생이었던 김원중이 부르며 전국적으로 알려졌어. 들어보면 알겠지만 뜨겁거나 감정적이라기보다 차라리 서늘하지. 품위조차 느껴지는 이 노래를 듣다 보면 충혈된 눈으로 침을 흘리며 제 감정조차 주체 못 하는 짐승들의 모습이 대조적으로 더 처참하게 느껴져. 김원중은 이후로도 40년 가까운 시간이 지났지만, 여전히 나름의 방식으로 사회와 소통하고 있대. "어느 밤 폭풍우에 휘말려 모두 사라지고 남은 것은 바위섬과 흰 파도"인데, "이제는 갈매기도 떠나고 아무도 없지만 나는 이곳 바위섬에 살고 싶어라"라고 노래한 마음을 이렇게나 오랜 시간 정말로 지키고 있는 것만 같아 고맙기도 하고 부끄럽기도 해.

　사회적기업 노리단을 함께하며 인연이 된 안석희 형도 오래전 유인혁이란 이름으로 <바위처럼>이란 노래를 만들었는데, "바위처럼 살아가 보자. 모진 비바람이 몰아친대도, 어떤 유혹의 손길에도 흔들림 없는 바위처럼 살자꾸나."라는 가사로 시작되는 이 노래를 너도 들어본 적 있을 거야. 그렇게 많은 사람의 희생과 노력으로 여기까지 온 나라인데 지금 우리는 어떤 모습일까. 우는 아기 먼저 젖 준다지만 분야를 막론하고 목이 터져라, 울어도 젖을 주기는커녕 매만 맞게 되는 시대를 살고 있지는 않은지. 울지 않고 묵묵히 제 앞가림하는 아기는 조만간 보기 좋게 굶어 죽으리란 서늘한 예감조차 들어.

　마침 며칠 전, 가족들과 집에서 영화 <택시 운전사>를 봤어. 아이들이 영화 내용을 잘 이해하지 못했는데 당연하지. 설명이 안 되는 걸 겨우 설명하는 내 기분도 참 그로테스크했어. "아빠도 6살 때 바로 저곳 광주에 있었다."고 하니 아이들 눈이 왕만두만 해졌고, 골똘히 생각에 잠겨있던 아들이 몇 초쯤 지나 "그럼 전두환은 어떻게 죽었어?" 하고 물었을 때 그렇게 창피하고 참담할 수가 없었지.
　파도가 부서지는 바위섬에, 지금은 세상 사람들 얼마나 있으려나.

"나 아주 옛날에는 휘파람을 불었지.
지금 보니 아직 불 수 있었어."

— 메리 올리버, <휘파람 부는 사람> 中

마음이 사나워질 때는 시집 읽는 게 꽤 도움이 돼. 날마다 숲과 바닷가를 거닐며 세상의 아름다움을 노래한 시인 메리 올리버의 시들은 들끓는 마음을 가라앉히고 싶을 때 자주 꺼내 읽지. <휘파람 부는 사람>의 부제는 '모든 존재를 향한 높고 우아한 너그러움'. 거기 이런 대목이 나오거든. "이윽고 내가 말했어. 당신이야? 당신이 휘파람 부는 거야? 응, 그녀가 대답했어. 나 아주 옛날에는 휘파람을 불었지. 지금 보니 아직 불 수 있었어." 그렇게 어느 날 문득 30년간 함께 살아온 사람의 휘파람 소리를 듣고 나서 작가는 말하지. "이 사람은 누굴까? 이 맑고 알 수 없고 사랑스러운, 휘파람 부는 사람은?"

요즘 거리를 걷다 보면 벚꽃, 동백, 목련 같은 예쁜 꽃들이 막 피기 직전이야. 물오르기 직전의 생명은 터지기 직전 광안대교 위 불꽃처럼 가슴을 두근거리게 하거든. 팡 터져버리는 찰나의 불꽃보다 솟아오르는 동안의 움직임에서 훨씬 긴장된 아름다움을 느끼는 나로서는, 딱 요즘 꽃들이 만개하기 전보다 감동적이야. 그 터지기 직전의 꽃들을 보다가 문득 나도 좀 변하고 싶다는 생각이 들었달까. 세상이란 게 원래

구질구질한 거라고 맘 편하게 포기하고 딱 할 수 있는 일만 하며 살아가고 있는 건 아닌지. 청포도와 광야를 쓴 이육사는 마흔 살 되던 해에 북경의 감옥에 갇혔다가 생을 마감했고 반면 레이먼드 챈들러는 마흔네 살에 비로소 첫 소설을 쓰기 시작했으며 박완서 선생님도 마흔이 되어서야 글쓰기를 시작하셨다잖아. 누군가는 40년 동안 알차고 확실하게 꽉 채워서 살다 떠났고, 또 누군가는 40년이 지나서야 비로소 자기 몸에 맞는 일을 찾게 된 거지.

이제 사십 대 막바지인데, 봄은 도대체 어떤 계절이기에 이렇게도 계통 없이 나의 여기저기를 건드리나 싶어. 벚꽃은 예쁘고 목련은 우아하며 동백은 열정적이야. 식물들도 이렇게 노골적으로 보란 듯이 만개하는데 살아 움직이는 인간이야 두말할 나위 없겠지. 다들 도를 깨달은 큰스님도 아니니 욕망을 없앤다는 건 말이 안 되는 소리고 문제는 어떤 욕망이냐는 것인데, 라캉의 말처럼 우리의 욕망은 모두 타인의 욕망일지 몰라. 돈, 명예, 줄 세우기, 인정받기(헤겔), 섹스(프로이트) 등 역사상 가장 진부하고 개성 없는 욕망들을 제외하고 우선, 진짜 나의 욕망이 무언지 찾아봐야겠어. 건강한 욕망이 있는 인간은 눈빛부터 다르겠지. 마냥 기다리기보다 신발 끈을 묶고 차가운 바람 부는 바깥으로 나서는 자들. 나서겠다는데 늙고 말고가 뭐가 중요하겠어? 분명히 나도 아주 옛날에는 휘파람을 불었단 말이야.

"방금 한 마리 봤어요."

— J.D. 샐린저, <바나나피시를 위한 완벽한 날> 中

2017년에 뉴욕에 출판 연수 갔을 때 거기서 가장 오래된 서점이라는 아고시(Argosy)에 들를 기회가 있었어. 희귀본 책들이 많았는데 특히 6층에는 영어권 작가, 정치인, 연예인 등 유명인들의 친필 사인본이나 초판본 책 등 보물이 가득했지. 원래 일반에게는 개방하지 않는데 한국에서 온 출판인들이라며 사정하니 인상 좋은 할머니가 특별히 볼 수 있게 해줘서 행복했던 기억이야. 내 기억엔 마크 트웨인의 사인이 있는 초판본 책이 거기서 가장 비쌌던 것 같아. 샐린저의 <호밀밭의 파수꾼> 초판도 있는지 물으니 그건 워낙 귀해서 자기들도 구하기 어려운데, 구하더라도 엄청 비쌀 거라더군. 그러면서 샐린저를 좋아한다면 잠깐 기다리라더니 10분 정도 어딘가 다녀와서 샐린저의 단편집 초판본 두 권을 보여주는 거야. 이건 어떠냐고 묻는데 나도 모르게 염화미소가 흘러나왔어. 그렇게 100달러쯤 주고 <아홉 가지 이야기> 초판본을 모셔 온 이야기. 룰루랄라!

이 단편집의 표제작은 1953년 발표된 '바나나피시를 위한 완벽한 날'. 주인공 시모어는 휴양지 바닷가에서 시빌이란 이름의 소녀와 상상 속 물고기 바나나피시에 대해 이야기하며 시간을 보내. 그러다 헤어질 때쯤 시빌이 말하지.

> "방금 한 마리 봤어요." "뭘 봤니, 애야?" "바나나피시."
> "그럴 리가!" 젊은 남자가 말했다. "그 바나나피시가 입
> 에 바나나를 몇 개나 물고 있던?" "여섯 개요."

내가 가장 좋아하는, 무척 아름답고 감동적인 장면이야. 실제로도 아이들과 있다 보면 비슷한 일을 자주 겪게 되지. 세상의 때가 잔뜩 묻은 어른들의 눈으로는 이제 볼 수 없지만, 아이들은 종종 이 세계의 잠재태를 마치 지금 자기 눈앞에 있는 것처럼 생생하게 보곤 하니까. 그러면서 자기가 본 걸 말할 때의 표정이란! 세상이 무서워질 때마다 기댈 수 있는 건 아이들뿐이라는 생각이 자주 들어. 늦은 밤 나란히 엎드려 책 읽던 아들에게 이렇게 같이 있으니 우리가 꼭 친구 같다고 말하니 2초쯤 뭔가 생각하더니 버럭 "야, 임마!" 하더군. 진짜 친구라도 좋지만 넌 아직 술을 마실 순 없지, 생각하며 냉장고를 열었는데 맥주가 없네. 잠시 맥주가 보였으나 그것은 바나나피시와 같은 것이었을까. 그만 읽고 바람도 쐴 겸, 맥주나 사러 나가야겠어.

> "누군가를 믿어도 될지 알 수 있는 가장 좋은 방법은
> 그 사람을 믿어보는 것이다."
>
> The best way to find out
> if you can trust somebody is trust them
>
> — 헤밍웨이

　사월 초파일도 다가오고 해서 저녁 먹고 집 뒤에 있는 금련사(金蓮寺)에 다녀왔어. 한국의 여느 절과는 다른 독특한 양식으로 이국적인 절인데 원래 군인들을 위한 법당이었대. 입구에 '금련사'라는 이름과 함께 '호국불교'라고 쓴 비석이 나란히 있는데 박정희 전 대통령의 글씨야. 대웅전 아래 왼편으로 지장보살이, 오른편으로 관음보살이 서 계시지. 이름에도 연꽃이 있고, 입구를 지나면 연지(蓮池)가 나오고 그 위로 연화교(蓮華橋)가 있는데 이걸 건너면 불국토로 들어가는 셈이야. 양옆으로 큰 붕어들이 노는 모습을 보는 것도 재밌어.

　연꽃을 뜻하는 글자 '연(蓮)'을 보니, 인연이라고 할 때의 '연(緣)'이 떠오르더라고. 시절 인연이란 말도 있잖아. 지금의 우리에게 인연은 어떤 의미를 가질까. 계약하러 만난 거래처 사람, 다음날이면 잊어버릴 사람들 앞에서 마이크 잡고 떠드는 일, 그때그때 필요에 따라 만나고 헤어지는 그런 관계들도

인연이라면 인연이겠지만 거기엔 뭔가 '인연'이라는 말을 떠올릴 때 느껴지는 그 온화하고도 따스한 기운이 빠져있는 것 같아 서글퍼. 잃어버린 지 오래이면서 잃어버린 지도 모른 채 살아가고 있는 게 많겠지. SNS를 보면 다들 최선을 다해 밝은 낯으로 살아가고 있는 게 대견하기까지 해. 사실은 다들 상처 투성이로 살아가는 세상일 텐데.

관계에서 받는 상처가 외상이라면 '내 안의 나' 때문에 생기는 상처는 내상인데 인연도 그렇게 다른 사람과의 인연만큼이나 지금의 나와 기존의 나 사이의 시절 인연이 있지 않을까. 지금까지와는 다르게 새롭게 고개 내미는 생경한 나와의 시절 인연이 시작되고 있나 봐. 이제는 더 강해져야겠다고 무리하기보다는 그냥 슬쩍슬쩍 주변 사람들에게 기대기도 하면서 새로운 시절 인연을 반갑게 맞이해 볼까 싶어.

언젠가 코로나 걸린 우리 가족 얼른 나으라고 헌주, 임소 부부가 연꽃향을 보내줬는데 오늘 밤은 느긋하게 그 향을 맡으며 시간을 보내보고 싶어. 연(Lotus)은 서양에서 모든 세상사 번민을 잊게 만든다는 상상 속 식물의 이름이기도 하고 꽃의 의미도 사랑받는 다른 꽃과 달리 사랑을 주는 꽃이자 자아실현의 꽃이라니, 그 의미를 되새기며 깊고 느리게 심호흡해 볼래.

> "무심한 강을 떠내려올 때,
> 나는 더 이상 어떤 이끌림도 느끼지 않았네."

Comme je descendais des Fleuves impassibles,
Je ne me sentis plus guidé par les haleurs.

— 랭보(Arthur Rimbaud), <취한 배> 中

1. 詩作 노트

세상엔 아름다운 것이 너무도 많다.

나는 그것들 사이를 헤엄치는 작고 가느다란 물고기인 듯하다.

때론 파도가 거칠다고,

혹은 이렇게도 고요한 곳에선 헤엄치는 재미가 덜 하다고,

나는 이 아름다운 바다를 탓할 때도 있다.

그러나, 나는 또한 언젠가는 피눈물을 흘리며 깨닫게 되리라.

더 이상 아름다움으로 가득 찬 바다란 없을 때,

보다 넓고 자유로운 유영(遊泳)을 갖지 못함에,

이제는 더 이상 이 바다를 헤엄치지 못함에,

누군가의 부름에, 누군가의 손길에

저 메마른 땅에 바짝 엎드려

나를 향한 태양을 마주 보아야만 할 때,

나는 눈물 흘리리라. 나는 슬퍼하리라. (1996. 2. 19)

2. 雨中生鮮

깊은 밤, 은빛으로 반짝이는 검은 아스팔트가 오래 잠들어 있다가 막 깨어나려는 길고 크고 구불구불한 물고기처럼 바쁘게 몸을 떨며 꿈틀댄다. 구두와 바퀴와 세속의 먼지들에 할퀸 피부를 씻는 일은 악몽에서 벗어나는 일이기도 할 것이다. 심호흡하며 물비린내를 몸 안으로 들이면 이제까지 살던 세계에서 낯선 세계로 건너가려는 모든 생물이 그런 것처럼 잠깐 풍겨야 할 역한 비린내가 새삼 아름답고 상쾌하다. (2015. 2. 16)

> "세상은 한 권의 책이 되기 위해 존재한다."
> The world exists to end up in a book.

― 스테판 말라르메 (Stephane Mallarme)

4월 23일, 오늘은 '세계 책의 날'이야. 가을이 독서의 계절이라는 말은 좀 이상하지? 놀러 가기 딱 좋은 계절에 책 읽고 앉아있으라니 좀 너무했지. 물론 그건 봄도 마찬가지야. 그래도 책 만들어 먹고 사는 사람이니 하소연은 좀 하고 싶어. 요즘 다들 정말 책을 안 읽어도 너무 안 읽는 거 아닌가? 물론 이해도 돼. 먹고 살기가 워낙 팍팍한 시대다 보니 책 읽을 시간도, 돈도, 그러니까 총체적으로 여유가 없어서 '안' 읽는다기보다는 어쩌면 '못' 읽는다고 표현하는 게 더 정확할 수도 있겠어. 그러다 보니 다들 가쁜 호흡으로 감정적으로만 살아가는 것 같고. 나는 나대로 답이 없는데 혼자 계속 문제 푸는 기분이고, 어떤 대답을 내놔도 아니란 답이 돌아오는데 주변에선 그 쉬운 걸 또 왜 못 맞추냐고... 하지만 뭐, 괜찮아. 어차피 답 따위를 맞추려고 시작한 건 아니니까.

그래도 책의 날이니만큼 가슴 속에 품고 사는 한 권의 책이 있는지 묻고 싶어. 나는 역시 돌아보면 10대와 20대 초중반에 읽었던 책들이 남는 기분이야. 그때는 마음에 드는 책을 만나면 몸과 마음을 다해 진짜로 전율했고 호들갑을 떨었더랬지. 등장인물이나 작가에게 빙의돼 한동안 취해있다가 또 한동안은 다른 사람으로 변신하기도 일쑤였고. 생각해 보면 참 귀여운 녀석이었는데 말이야. 감각이 관념을 압도하고 있어서 남들이 추천하는 고전이나 체계, 계통에는 별로 신경 쓰지 않았어. 내키는 대로 읽었는데 나는 지금도 남독(濫讀)은 꽤 중요하다고 생각하는 편이야. 좋은 책이라는 보증이 있어야만 비로소 읽겠다는 건 뭐랄까, 독서조차 가장 효율적으로 해보겠다는 얇고 가벼운 태도거든. 닥치는 대로 읽는 게 최고야. 뭐든 아닐까. 그러고 보면 현대인들은 다 바보야.

가만, 그러고 보니 봄이야말로 모든 게 새로 시작되고 다른 삶을 상상해 보기에도 딱 좋은 계절이잖아. 뭐야? 책 읽기 좋은 계절 맞네!

"그만두지 마.
지금 고생하고 남은 인생을 챔피언처럼 살아."

Don't quit.
Suffer now and live the rest of your life as a champion.

— 무하마드 알리 (Muhammad Ali)

봄을 밀어내고 성질 급한 여름이 오려는 듯, 한풀 꺾인 벚꽃 보풀들 뒤로 초록 이파리들이 맹렬하게 햇볕을 튕겨내며 치받고 있어. 근육과 피가 튀고, 링 위에 오르는 순간 가장 진지한 눈으로 빛을 내는 멋진 권투 선수들을 보는 느낌이야. 지금의 우리는 누구도 링에 오르려 하지 않고 다들 관객석에서, 그중에서도 가능하면 가장 좋은 자리에 앉아 구경만 하려 하고 있잖아.

어느덧 5월이라니 그래도 기분은 좋아. 비밀 하나 말하자면 5는 내 행운의 숫자거든. 사람의 손가락과 발가락이 각각 다섯 개이고 모든 것, 전부를 나타내는 수이기도 해서 동양에서는 음양오행(陰陽五行), 삼강오륜(三綱五倫)이 있고, 서양에서도 올림픽 마크가 다섯 개의 원이지. 군인 중에서 가장 높은 사람은 별이 다섯 개고 아무튼 이야기하자면 끝이 없는데 요지는 5를 보면 기분이 좋아진다는 것.

　내가 문득 시계를 봤는데 5시 55분이다? 그럼 평소 나에게 잘못했던 사람을 만나도 영화 <공공의 적>에 나오는 강철중 형사처럼 말하게 돼. "그냥 가라, 오늘 형이 기분이 좋거든. 좋은 기회잖냐." 게다가 첫 아이의 생일도 5월이야. 출산 전에 많이 걸으면 좋다는 얘기를 듣고 아내는 혼자 광안리 바닷가를 많이 걸었어. 왜 혼자 걸었냐고? 길게 얘기하진 않을래. 아무리 철이 없었다지만 변명이 안 되지. 힘들고 죽을 것 같아도 도망가고 피하면 안 되는 거였는데 후회가 많아. 나는 지금 누구 때문에 편안한가 생각하면 미안한 마음도 크고. 5월의 광안리를 걷다 보면 가끔 그때의 철딱서니 없던 나와 혼자 걸었을 아내가 떠올라서 화가 날 정도로 부끄러워져.

　집에 와서 출출하던 차에 라면이나 먹을까 생각하고 있는데, 마침 아내가 "라면 먹을래?" 묻기에 이런 게 이심전심인가 반가운 마음에 "오케이!" 했더니 "끓여봐라." 하네. 어디서 나오는 카리스마인지 닮고 싶은 지경이야. 그래서 이만, 라면 끓이러 가봐야겠어.

> "일하라, 프롤레타리아여,
> 사회는 부자로, 당신 개인은 더욱 가난해지기 위하여.
> 가난해질수록 일할 이유가 많아지고 비참해질 수 있으니,
> 그것이 자본주의의 냉혹한 법칙이니."
>
> Work, work, proletarians,
> to increase social wealth and your individual poverty;
> work, work, in order that becoming poorer,
> you may have more reason to work and become miserable.
> Such is the inexorable law of capitalist production.
>
> — 폴 라파르그 (Paul Lafargue)

마루에 누워 하릴없이 빈둥대는 대낮. 창틈을 비집고 들어오는 선선한 바람에는 새봄의 따스한 햇살이 섞여 있어 고민 많은 내 얼굴에도 작은 행복의 예감을 살짝 묻히고 지나가. 현대인들에게 이렇듯 하릴없는 시간, 그냥 남겨진 시간이란 어쩌면 어떻게 처리해야 할지 모를 짐에 불과할지도 모르겠어. 하지만 무엇이든 해야만 할 것 같은 이 불안한 시간 속에서 나는 '게으를 수 있는 권리'를 만끽하라던 폴 라파르그를 떠올리는 중이야. 실오라기 하나 걸치지 않고 기분 좋게 낮잠을 자거나 아니라면 즐거운 사유의 바다로 '첨벙' 몸을 던져 나만의 우주로 들어가 보는 거지.

그럴 때 나는 꿈속에서, 혹은 반쯤 잠이 든 듯한 상상 속에서 초원 위를 어슬렁거리는 한 마리의 사자가 돼. 짐승이 되는 거지. 익히거나 삶아 놓은, 훈제하거나 발효시킨 음식이 아니라 날 것 그대로를 거칠게 씹어먹고 메마른 입술에는 흥건한 선혈을 묻힌 채 그늘을 찾아 낮잠을 자는 거야. 뜨거운 태양 아래 가슴까지 시원해지는 바람이 불어와 나는 비로소 자유로운 생명임을 알아차리고, 오염되지 않은 초원의 대지가 뿜어내는 더없이 달콤한 향기에 영원히 깨지 않아도 좋을 꿈을 꿔. 더러운 것, 추악한 것, 천박한 것들이 나의 사랑스럽고 오랜 친구들이었음을 깨닫고 가장 작은 존재로서의 나를 느끼며 비로소 무언가를 놓아보는 거야.

물론 오래지 않아 알게 되지. 내가 한 마리의 사자는커녕 유약하고도 멍청한, 순간순간의 욕망에 헐떡이며 번민하는 실존적 인간임을 명백히 인정하게 되는 거야. 훈육된 관념과 육체의 울타리 속에 갇혀 포효하는 법을 잊어버리고 오줌 마려운 너구리처럼 쉬지 않고 낑낑대는 도시인. 야성과 패기가 사라진 시대, 소년에서 곧바로 중년이 되어버리는 시대에 이제 그 중년의 나이마저 훌쩍 넘겨버린 남자. 그래서 생각해 보는 거야. 지금보다 더욱 적극적인 게으름이 필요해. 적극적인 걸 넘어 매우 공격적인 게으름. 사람의 몸과 마음에 가장 좋은 보약.

"그래도 오너라. 속상하게 지나간 날들아"

— 마종기, '봄날의 심장', <마흔두 개의 초록> 中

추억은 얼음주머니야. 냉동된 삶의 덩어리들. 우리는 그 중 대부분을 버리고 쓸만한 것들을 골라 시간이란 냉장고에 넣어뒀다가 삶에 병들어 갈 때마다 꺼내 이마 위에 올려놓지. 사방에 꽃이 만발하고 화창하기 그지없는 봄날에도 문득 '봄날은 간다'를 흥얼거리다 그 냉장고를 열어 이마 위에 얼음주머니를 올려놓게 되는 날이 있어. 가끔은 냉장고를 열었다가 나도 모른 채 넣어둔 지난날을 발견하곤, 이런 얼음주머니도 있었나, 깜짝 놀라는 경우도 시간이 지날수록 많아지지.

아이들이 처음 함께한 반려동물은 토끼였어. 2016년에 딸 지원이가 엄마와의 투쟁 끝에 승리한 뒤 데려왔고 이름을 '봄이'라고 붙였지. 솔직히 말해 반갑진 않았는데 사실 내가 토끼와 영 인연이 없는 것도 아니었거든. 일단 토끼띠인 데다가 어릴 때 토끼 춤으로 광안리 록카페란 록카페는 모조리 휩쓸었던 적도 있... 콜록. 그때 지원이는 봄이를 종일 쳐다봤어. 먹이를 잘 안 먹으면 속상해하다가도 잘 먹으면 언제 그랬냐는 듯 또 좋아했지. 그러면서 혼잣말을 하는 거야. '엄마 마음을 알겠네.' 난데없는 허세에 나는 자주 속수무책이 되었지.

　어느 하루는 토끼장을 얻으러 며칠을 동분서주하기도 했지. 부산 KBS에서 방송하며 알게 된 어여쁘고 밝은 이하나 작가가 내가 올린 페이스북 글을 보고 흔쾌히 토끼장을 기증해줬어. 8년 동안 애지중지 기르던 토끼가 떠난 뒤 이것저것을 버리지 못하고 간직하고 있었대. 그 마음을 그때는 미루어 짐작하지 못했지만, 그 뒤로 나도 마음이 가라앉질 않으면 공연히 봄이를 빤히 쳐다보며 베란다에 앉아있곤 했지. 아, 물론 정들지 않으리라는 마음은 다잡으면서 말이야. 몇 달이 채 안 돼 봄이는 뭘 잘못 먹었는지 그만 죽고 말았어. 그때 사무실에 있다가 딸의 전화를 받고 가슴이 철렁 내려앉았던 기억은 아직도 생생해. 전화를 받았는데 아무 말 없이 우는 소리만 들리니 어찌나 놀랐는지.

　꼭 특별한 추억만 우리를 위로해 주는 건 아닌 것 같아. 평범하다면 평범하달 수 있는 일상의 순간들도 시간이 지나면 문득 얼음주머니가 되어 몸과 마음을 달래줄 때가 있어. 낮 두꺼운 아스팔트 사이로도 기어코 사지를 바들바들 떨며 올라오던 어린싹 하나를 보면서 바야흐로 봄이구나 느꼈던 기억이 엊그제 같은데 시간이 또 이렇게 지나버렸네. 낮 두꺼운 세상 사이에서도 기어코 자신을 포기하지 않으며 그 여린 마음을 잘 간직하며 커 주길 소망해 보는 봄이야.

"누가 금붕어를 죽였나?"
Who Killed the Goldfish?

— 홍석진, 2009년 몬트리올국제영화제 단편 부문 수상작

　　나와 일할 때만 대충하고 다른 사람들과 작업할 때는 무척 섬세한 석진이를 처음 만난 게 1987년, 중학교 1학년 때였으니 그동안 도대체 몇 년이 지난 건지 아득하기만 해. 둘 다 술 좋아하고 산책 좋아해서 자주 마시고 가끔 걸었는데, 몇 년 전부터는 가끔 마시고 자주 걷다가 요즘엔 아예 안 마시고 걷기만 해. 어쩌다 일하러 함께 광안리 옛 공무원교육원 근처에 갔는데 우리가 중학생 때 놀던 곳이라 만감이 교차하더라고. 그 골목이 그렇게 그때 그대로 남아 있다는 게 고마울 정도였어. 그 골목 끝에 석진이가 살던 아파트가 있었고 그 반대편 끝에 우리 집이 있었는데 자전거나 스케이트보드를 탄 적도 있지만, 대부분은 걸었지. 한 바퀴만 더, 저쪽으로 한 바퀴, 이쪽으로 한 바퀴, 그러다 보면 해가 졌는데 그래도 할 얘기는 아직 한참이기만 했던 시절이었는데.

"아마 우리가 이 거리를 0.5 mm 정도는 닿게 했겠지?"

"한 걸음 한 걸음 세어가며 딱 중간 지점이 어딘지 쟀던 기억나?"

"오리온을 처음 본 곳이 저기 어디쯤이었을 텐데."

"저기 앉아서 퀸과 비틀스를, 유재하와 김현식을 들었는데."

그런 이야기를 나누며 어릴 적 걷던 거리를 걷다 보니 더 크고 느리게 숨을 쉬고 싶어졌지.

기억 속 모든 게 다 살아나 움직이는 것 같았어. 물론 많은 게 변했지. 우선 몸이 그렇고, 세상에 대한 호기심이 떨어져 반 옥타브쯤은 낮아진 목소리 톤까지. 그래도 오랜만에 두 시간쯤 걸으며 옛날 친구들 이야기도 하고, 살아온 날들도 돌아보니 우리가 예전보다 좀 큰 것 같긴 하더라고. 예전만큼은 아니지만 요즘도 자주 만나 걷는데 늘 자극이 되고, 무엇보다 둘만 있을 때 나눌 수 있는 중학생 같은 이야기들이 재밌어서 스트레스가 풀려. 그러고 보니 스트레스에 취약해 여리기 그지없는 나에게는 약 같은 친구였네. 좋은 친구가 있다는 건, 세상을 사는데 가장 든든한 밑천이야.

우리의 건투를 비는 눈부신 봄!

5부. 다시, 여름의 바다와 4개의 문장

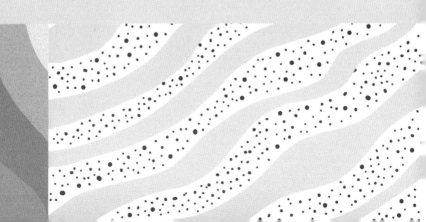

"웨어 아 유 후롬?
아임 프롬 부산."

— 홍석진

인생의 한 시절을 보내고 다시 돌아온 여름, 한 살 더 먹고 바라보니 광안리 바다 색깔도 그만큼 더 파래진 느낌이야. 속에 멍들수록 그만큼 아름다워진다는 이치일까. 바닷가를 걷다 보니 어릴 때부터 여기서 함께 놀았던 홍석진 얘기가 또 하나 생각나네.

15년 전쯤, 그러니까 30대 초반 어느 날이었을 거야. 태국 여행 다녀온 지 얼마 안 돼 태국 스타일로 잔뜩 신경 써서 차려입고 홍대 앞에서 버스를 기다리고 있었는데 한 아주머니가 다가오더니 신기하다는 듯한 표정으로 석진이를 한참 쳐다보다가 조심스럽게 물어보더래. 아이 같은 발음의 느린 영어로, "웨어 아 유 후롬 where are you from?" 하기에, 석진이도 수줍게 대답했다지. "아임 프롬... 부산 I'm from... Busan."

녀석다운 에피소드라 빵 터지고 말았어. 지금은 미디어 아티스트로 활발하게 활동하는 석진이는 어린 시절 영국에서 3년 넘게 살다가 중학교 1학년 때 전학 오면서 나와 친구가 되었어. 우리가 같은 학교에 다니게 된 것도, 같은 길로 등하교하게 된 것도 누구의 의도도 아닌 철저한 우연이었으니 돌아보면 신기하지. 우리는 고등학생이 되면서 본격적으로 학교 바깥으로 돌기 시작했어. 서로 다른 학교였지만 등교 시간에 만나 학교 가는 대신 부산진역에 가서 기차를 타고 마음에 드는 역 이름을 골라 다녀오기도 했고 여객터미널에 가서 배를 타고 거제도에 가거나 그도 아니라면 남포동에서 조조 영화를 보며 시간을 보냈지.

나는 내가 사는 도시 부산을 사랑해. 이 도시가 가진 활력과 야성이 좋고, 사랑하는 사람들이 있고, 무엇보다 그들과 함께한 추억이 도시 곳곳에서 아직도 새근새근 숨 쉬고 있어서 좋아. 나를 사랑하는 사람들은 지금도 아무 때나 편하게 별명을 부르거나 "현정아!"하고 이름을 불러줘. 내 나이쯤 되고 보면 알 거야. 그게 얼마나 맨살을 쓰다듬어 주는 것처럼 포근한 기분인지. 아무도 나를 이름으로 불러주진 않거든. 앞으로도 친구 석진이와 공격적이고도 적극적인 일탈을 할 수 있도록 최선을 다해 노력하며 살아가 보려고.

"부드러움 속엔
집들이 참 많기도 하지."

— 함민복, '뻘밭', <말랑말랑한 힘> 中

　과연 록의 계절인가. 매미들이 80년대 헤비메탈 음악처럼 금속성의 무지막지한 볼륨으로 샤우팅 중이야. 마시면 취하고 먹으면 배불러지고 시간 가면 늙고 설레면 설레발이라지만 오늘따라 매미들 설레발은 확실히 평소와는 다르네. 곧 이 여름도 끝날 것을 예감해서 저러는 걸까.

　'내 시집이 국밥 한 그릇만큼이라도 사람들 가슴을 따뜻하게 덥혀줄 수 있을까' 자문하던 함민복 시인은 육지 사람이지만 어느 날 강화도로 들어가 살기 시작해 10년째 되던 해에 새 시집 <말랑말랑한 힘>을 펴냈어. 거기서 종일 뻘밭을 걷다가 술안주 삼을 바다 생물들을 잡아 오기도 하고 가끔은 동네 사람 배를 얻어 타고 조금 더 먼바다까지 나갔다 오기도 했다는데 그러면서 알게 됐겠지. 개펄의 그 말랑말랑한 힘, 개펄의 그 강력한 말랑말랑함, 때로는 국밥보다 더 뜨겁게 가슴을 덥혀주는 시, 그리하여 부드러움이야말로 진짜 힘이라는 진리.

'날 것의 연약함'을 '지독할 정도로 솔직하게' 드러낸다는 평을 듣기도 한 전설적인 영화배우 제임스 딘도, "부드러운 자만이 진실로 강한 자다. Only the gentle are ever really strong."라고 얘기한 바 있는데 그처럼 약하고 부드러운 것들은 마치 개펄처럼 우리를 은근히 그러나 결코 빠져나가지 못할 만큼 확실하게 구속해. 그 부드러운 것들을 생명이라 해도 좋을까. 사랑이라고 하면 너무 진부할까.

매미 소리는 어느새 사라졌고 여름밤 바닷바람은 유난히 좋아서 한잔 마시지 않을 수 없었어. 그러나 지금 내 얼굴이 빨개진 이유는 많이 마셔서가 아니야. 나는 언제나 설레고 수줍기 때문이지. 지금도 충분한 것 같지만, 내일부터는 힘을 내서 지금보다 더 부드러워져 볼까 싶어. 이제 그만 자야겠다. '子夜開他'라고 써서 넣어보니 DeepL은 이렇게 번역하네. "자정에 열어보세요."

> ## "약함은 우리가 세상을 믿도록 만들어 준다."
> Being vulnerable is allowing yourself to trust.

— 허비 행콕 (Herbie Hancock)

여름 감기가 원래 이리 독했나. 콧물, 오한, 몸살로 갈비뼈가 욱신거릴 정도야. 아내가 생강차를 끓여주면서 오뉴월 감기는 개도 안 걸린다고 타박하기에, 지금은 팔월이야, 라고 젖 먹던 힘까지 짜내 대들었지. 그래도 생강차는 고마워서 호호 불어가며 땀범벅인 채로 계속 홀짝였는데 차 마시는 소리가 어쩐지 홀짝이라기보다는 훌쩍에 가깝게 들리더라고. 계속 마셨지, 훌쩍훌쩍. 아, 빨리 낫고 싶구나, 훌쩍훌쩍.

매미 소리가 헤비메탈이라면 감기는 재즈 같아. 몽롱한 기운 속에서 주변을 다시 보게 해. 1965년에 발표된 허비 행콕의 유명한 앨범 <Maiden voyage>는 제목처럼 바다를 처음으로 항해하며 만난 풍경과 상황을 표현하고 있어. 홀짝 소리인지 훌쩍 소리인지 헷갈린 것처럼 약간 초점이 흔들린 앨범 재킷 사진 속에는 어디론가 첫 항해를 떠나는 남자의 모습이 보이는데 바다, 햇빛, 돌고래들 사이로 처음으로 항해를 떠나는 기분은 어땠을까. 연주를 듣다 보면 미루어 짐작하게 되지.

허비 행콕은 "약함은 우리가 세상을 믿도록 만들어 준다. 그러나 많은 사람이 그렇게 하지 못한다. 자기 주변에 벽을 쌓아야만 훨씬 안전하다고 느끼기 때문이다. 그러면 그 사람은 자기 외에는 아무도 믿을 필요가 없어진다."고 했는데 그 말처럼 지금보다 더 취약해져 보고 싶어. 다칠 수도 있고 그래서 훌쩍이게 될 수도 있겠지만 그래도 세상과 부딪쳐 볼래. 첫 항해라 실수도 하고 모든 게 서툴겠지만 그래도 만나고 부딪히면서 살아가 볼래. 아파 본 사람만이 강해질 수 있으니까. 인간의 비린내를 피해 가지 않을래.

어떤 인간도 처음에는 비린내가 안 나더라도 누군가를 만나는 순간부터는 그렇게 될 수밖에 없어. 마치 바닷속에서는 싱싱했을 생선이 바다 밖으로 나와 다른 세상을 만나면 특유의 냄새를 피우게 되는 것처럼. 하지만 그건 생선의 잘못이 아니야. 인간도 혼자 있을 때는 모르지만 세상에 나오는 순간부터, 사람들과 섞이는 순간부터, 그것이 아무리 사랑하는 혹은 가까운 사람이라 하더라도 (아니 오히려 그럴 때 더?) 비려지기 시작하지. 그러나 이 비린내는 죄가 아니야. 우리의 비린내를 서로 흉금을 터놓고 들이마실 일이 많아지면 좋겠어. 홀짝홀짝, 그리고 훌쩍훌쩍.

> **"여름의 푸른 저녁이면,**
> **나는 들길로 들어갈 것이다."**

— 랭보(A. Rimbaud), '감각' 中

'고요하고 평온한 여름밤은 지나고', 라고 쓰고 싶지만 아직은 한여름이라 이른 감이 있어. 그러면서도 이미 썼지. 하루하루 살아가는 일이 대체로 그래. 마음이 늘 앞서지.

어릴 때 반항심이 많았어. 실제 아버지를 비롯한 모든 '아버지의 이름 Name-of-the-father'(라캉)을 경멸했는데 거짓말처럼 시간이 막 지나가더니 어느새 나도 두 아이의 아버지가 되어있지. 의식적으로 아버지(father)가 되려고 노력하지만, 좋든 싫든 아버지(Father)의 일원이 되어버린 기분이야. 그래도 그 첫 마음을 놓지는 말아야겠지. 비판보다는 책임을, 반항보다는 친절을 더 많이 생각하려고 노력해. 물론 말했듯이 아직은 마음만 앞서고 있지만.

인간은 살아있는 동안에는 어느 한쪽으로 결정되지 않고 어제 도를 깨달았다가도 오늘 아침 다시 삿된 유혹에 흔들리는 존재, 혹은 어제까지 개차반이었다가도 오늘 아침 문득 삶의 비밀을 알게 되기도 하는 존재잖아. 말하자면 신과 짐승

'사이', 성과 속 '사이'에서 끊임없이 떨고 있는 존재이니 처음부터 쉴 틈이 별로 없는 게 인생인가 봐. 나만 그런 줄 알고 세상을 원망한 적도 많았는데 지금 생각해 보면 모두가 다를 바 없이 아등바등 살아가고 있었어. 과거의 일은 영광이든 치욕이든 흘러간 옛노래일 뿐이고 삶은 바로 지금 여기에서 매번 다시 시작돼. 그러니 사실 과거나 미래 같은 건 생각만큼 의미 있는 것도 아니야. 난 하루하루를 뼈째 꼭꼭 씹어 먹으며 살고 싶을 뿐이야.

시인 랭보는 모음에서도 색을 봤어. A는 검은색, E는 하얀색, I는 빨간색, U는 초록색, 그리고 O는 파란색. 남들이 보지 못한 것을 보고 듣지 못한 것을 들었던 그는 여름의 푸른 저녁에 기어코 남들이 가지 않는 들길로, 그 오솔길로 들어가겠다고 노래했지. "콕콕 찌르는 밀밭의 느낌을 느끼며, 짧은 풀잎을 밟으며" 말이야. 나에게도 그런 야성이 필요한 시기인 것 같아. 고생은 좀 되겠지만 뭐 어때. 미술평론가 손철주 선생도 말했잖아. "뼈 빠지는 수고를 감당하는 나의 삶도 남이 보면 풍경이다." 그러니 누가 알아주든 말든 꾸역꾸역 나아가 볼 일이야.

그럼, 올해보다 조금쯤 더 나아진 모습으로 내년에 또 보자고!